MIREILLE LOMBART

CLÉMENT ET LES

MILAIRIENS

EDITION : BOD – BOOKS ON DEMAND

2016, Mireille LOMBART
Editeur : BoD - Books on demand,
12/14 rond-point des Champs Elysées, 75008 Paris,
Impression : BoD – Books on demand, Allemagne,

ISBN : 9782810619252

Dépot légal : avril 2016

MIREILLE LOMBART

CLÉMENT ET LES

MILAIRIENS

EDITION : BOD – BOOKS ON DEMAND

CLÉMENT ET LES MILAIRIENS.

Un crissement de pneus retentit, l'autocar ne peut éviter la
collision avec la petite voiture déjà engagée dans cette rue étroite,
l'impact est violent. Les pompiers sont appelés et arrivent
rapidement sur les lieux. Les deux parents et la petite fille qui était
assise à l'arrière sont indemnes. Le corps du jeune garçon est
inerte et paraît sans vie, il est transporté aussitôt vers le centre de
soins le plus proche. Les membres de sa famille sont emmenés en
observation dans le même établissement, très inquiets. Dans son
lit d'hôpital, le jeune Quentin vient de sombrer dans le coma.
Nous sommes le 13 juin 1985. Cette histoire commence à
Trugnace, un lieu-dit qui ne compte que trente habitants.
Dans ce petit coin reculé, il n'y a ni café ni autres commerçants,
rien ! Il est situé dans le Roussillon, région très fréquentée pour
ses plages en bord de mer, ses pistes de ski... A trois kilomètres de
Trugnace, derrière une forêt, un groupe de douze personnes
occupent un terrain d'environ deux hectares. L'équipe a bâti trois
grands hangars et six maisons en pierres bleues avec des toitures
en chaume. Ensuite ils ont construit un mur haut de cinq mètres
qui entoure toute la propriété. Comme seule entrée, une large
porte lourde d'un métal inconnu qui est aussi haute que le mur et
fait sept mètres de largeur. Tout autour de cette enceinte, ils ont
installé une sorte de champ magnétique, on ne peut pas voir ce qui
s'y passe, on ne peut pas entrer. Ces six couples sont mystérieux.
Les hommes comme les femmes sont plusieurs fois centenaires,
pourtant on ne leur donnerait pas plus de trente ans. Les hommes
ont tous une taille identique d'un mètre quatre-vingt dix. Ils ont de
fortes corpulences, le teint pâle et ont tous de longs cheveux.
Ils ont des petits yeux verts renfoncés dans leurs orbites, sont
habillés de soutanes noires et sont chaussés bizarrement. Les six
épouses ont aussi de longs cheveux couleur rouille mais se

différent par leurs yeux verts très étirés. Elles sont vêtues de longues robes mauves et sont chaussées comme leurs maris. D'un mètre soixante-quinze, elles sont bien bâties...
Fait surprenant, ces êtres étranges ont conservé une dentition blanche éclatante et leur démarche est assurée. Certaines personnes ont cru les apercevoir traverser le hameau de Trugnace d'un pas vif et alerte. Dans leur territoire, à quelques mètres des six maisons, il y a un grand terrain dans lequel poussent des arbustes de plus d'un mètre de hauteur. Ils ont de larges feuilles de couleur rouge et de nombreux fruits oranges de formes ovales. Chaque mâtin dés six heures, tout le monde s'affaire au jardinage, les feuilles sont entièrement découpées et stockées dans un entrepôt, les fruits sont récoltés et destinés au laboratoire. Les troncs des arbustes ainsi dénudés se retrouvent bizarrement garnis de feuilles et de nouveaux fruits chaque jour, quelle que soit la saison. A cinq kilomètres de Trugnace il y a une grande forêt composée de pins, de chênes et autres espèces... A l'orée, il y a une grande bâtisse faite de bois qui est occupée par la famille Carnot. Léon, le chef de famille, est garde forestier. C'est un solide gaillard d'un mètre quatre-vingt deux, né en 1953 à Lustangelle. Il a le visage grave, des cheveux bruns coiffés à la brosse et un air sévère renforcé par la profondeur de ses yeux noirs. Sa femme Augustine est infirmière à la clinique de Saint-Fournière. Née en 1951, c'est une femme d'un mètre soixante-deux qui a de jolis yeux bleus et une magnifique chevelure blonde descendant jusqu'aux épaules. De leur union sont issus deux enfants, Clément et Delphine, nés en 1975 et 1977. Le garçon de dix ans mesure un mètre quarante, il a des cheveux bruns et des yeux noirs comme son père. Il est très timide, ce qui le handicape lorsqu'il est à l'école de Lustangelle. Sa sœur, plutôt extravertie pour ses huit ans, est une jolie fillette mince aux cheveux longs d'un roux discret, elle mesure un mètre trente. Elle étudie dans le même centre scolaire que son frère. En semaine, Augustine conduit les enfants à l'école. Celle-ci se trouve à trois kilomètres

de la clinique où elle travaille. A cause des horaires, elle ne peut les reprendre le soir, ils doivent donc prendre les transports en commun pour rentrer chez eux. Certains week-ends, la famille va se promener dans le bois. Au petit jour, Augustine prépare le panier et le repas du pique-nique. Ils adorent ces randonnées et marchent toujours gaiement. Sous leurs pas on entend le craquement des brindilles et des branches mortes qui donnent un son sec et craquant qui s'ajoute à la musique mélodieuse des doux chants d'oiseaux. Lors de ces promenades, l'air pur et l'atmosphère des lieux leur procure à chaque fois du bien-être.

Léon et Augustine se baladent main dans la main tandis que les enfants s'amusent à courir en riant, à se jeter des feuilles, à se chamailler... Les adultes prennent plaisir à ramasser des champignons qu'ils déposent dans un panier. Au bout de quelques heures, Augustine rassemble la famille pour le pique-nique. Tous les quatre sont toujours heureux de ces journées passées ensemble dans la joie et la bonne humeur. Une fois rentrés chez eux, Augustine concocte les champignons qu'ils savourent avec délice.

En plus de son travail et des tâches ménagères, Augustine, bonne mère de famille, s'occupe à aider les enfants pour leurs devoirs scolaires. Comme Clément rencontre des difficultés, sa maman lui consacre plus de temps pour sa remise à niveau. Une fois par semaine, les grand-parents maternels viennent voir la famille.

René est né en 1925. C'est un homme grand d'un mètre quatre-vingt trois aux cheveux gris avec une grosse moustache.

Son épouse Huguette est née en 1927. Elle fait un mètre soixante, comme elle est coquette elle dissimule ses cheveux gris par une teinture châtain clair. Ils habitent à Verligne, un village de six cent habitants situé à cent kilomètres de Trugnace. Ils viennent toujours le mercredi, jour de repos scolaire, pour s'occuper de leurs petits-enfants pendant que leur fille unique Augustine et leur beau-fils sont au travail. Malgré ses soixante-ans René parcourt encore des kilomètres à travers la forêt avec Clément, il lui a appris à reconnaître la plupart des champignons comestibles.

Tous-deux ont ramassé des grosses branches et des feuilles pour faire une cabane qui est pourvue d'une échelle. René a apporté des couvertures et des coussins. Ils ont également fabriqué dans la remise une petite table de bois. Ce mercredi là, Clément va avec son papy dans la cabane et lui dit :
- Papy tu sais, il faut que je te raconte quelque chose.
- Je t'écoute Clément.
- Surtout, n'en parles à personne !
- Je te promets de ne rien dire.
- Il m'est arrivé plusieurs fois de partir seul dans la cabane. Un jour, j'ai entendu marcher, j'ai entendu des bruits de pas autour de la cabane. A chaque fois que j'ai regardé, les bruits se sont arrêtés aussitôt et il n'y avait personne.
- Mais mon petit, ne t'inquiètes pas, ce sont sûrement des bêtes sauvages...
- Tu en es sûr papy ? Bon, je te fais confiance.
Clément et son grand-père repartent en fin d'après-midi à la maison, heureux d'être ensemble pour ces loisirs en forêt.
Huguette s'est occupée de Delphine. Elle lui a appris à faire des tartes et des gâteaux. Ensemble elles ont préparé aussi le repas du soir. Comme les deux poupées de Delphine sont toujours habillées de la même façon, la petite demande à sa grand-mère :
- Mamie, pourrais-tu m'apprendre à fabriquer des autres habits pour mes poupées ?
- Je suis surprise qu'à ton âge tu veuilles apprendre à faire de la couture, c'est bien. Je vais t'apprendre à faire des jolis vêtements pour tes princesses. Vas me chercher la boite de couture et ramènes-moi des vieilles fringues s'il te plaît.
- J'y vais tout de suite mamie.
Quelques minutes plus tard Delphine revient avec le matériel. Huguette lui apprend les découpes ainsi que quelques points de coutures différentes. Deux heures plus tard la fillette regarde ses poupées habillées d'un autre style et remercie sa grand-mère, heureuse elle lui fait un gros câlin.

Léon rentre de son travail à dix-huit heures tandis qu'Augustine qui travaille dans une clinique a des horaires irréguliers. Le soir venu, toute la famille est réunie autour de la table, c'est l'heure du repas. Léon va dans une armoire chercher une bouteille d'apéritif pour les adultes et du jus de fruit pour les enfants.
Les six convives se régalent avec une succulente blanquette de veau avec du riz, le tout accompagné d'un très bon vin blanc.
Ils terminent le repas par de la tarte comme dessert. Le souper terminé, Léon et Augustine remercient René et Huguette d'être là chaque semaine pour s'occuper des enfants. Ils se font la bise et les grand-parents repartent chez eux. Comme il y a l'école le lendemain, les parents et les enfants se racontent leur journée et vers vingt-et une heure, Clément et Delphine vont se coucher, Léon et Augustine sont tranquilles. Fatigués ils s'allongent sur le canapé et regardent un film de détente sur le petit écran puis Vers vingt-trois heures trente ils vont au lit. Tout le monde s'est endormi, la nuit est calme. A trois heures Clément se réveille pour aller aux toilettes, il retourne sur son lit mais il n'arrive plus à s'endormir. Les yeux ouverts, il regarde vers la fenêtre et là, il est effrayé et se met à hurler ! Réveillés par les cris ses parents accourent dans sa chambre et l'interrogent. Léon lui dit :
- Pourquoi ces hurlements Clément, que t'arrive t-il ?
- J'ai vu quelque chose de grand avec des yeux brillants. Je n'ai pas bien vu mais ce n'était pas humain, et c'est parti très vite.
- Tu as du faire un cauchemar.
- Non, je revenais des toilettes et je ne trouvais plus le sommeil. Augustine lui dit :
- Écoutes Clément, je vais rester avec toi jusqu'à ce que tu t'endormes, n'aies pas peur, je suis là.
- Je n'ai pas rêvé, je ne suis pas fou, j'ai bien vu quelque chose ! Je ne veux pas rester dans cette chambre.
L'enfant s'endort blotti contre sa mère qui s'est allongée auprès de lui. Elle le borde et retourne dans sa chambre rejoindre Léon.
Ils discutent un peu de ce cauchemar avant de s'endormir.

Très tôt le mâtin les parents se lèvent et se douchent.
Pendant qu'Augustine prépare le petit-déjeuner, Léon réveille les
enfants puis ils déjeunent ensemble. Clément et Delphine font leur
toilette et préparent leurs cartables. Comme d'habitude Augustine
les conduit à leur école. Pendant la récréation Clément joue avec
Olivier, un copain qu'il connaît depuis la maternelle. Il lui confie
ce qu'il a entendu dans la cabane et ce qu'il a vu par la fenêtre de
sa chambre. Olivier reste sans voix. Comme Clément ne le voit
pas réagir, il change de sujet puis va s'amuser dans la cour.
La cloche retentit et ils se dirigent vers les salles de classe.
La maîtresse leur enseigne un cours d'histoire. Quelques instants
plus tard, elle interpelle Clément :
- Clément, peux-tu me répéter la dernière phrase que je viens de
dire ? Alors, je t'écoute !
Rien ne sort de la bouche de l'enfant.
La maîtresse ajoute :
- Où es-tu ? Complètement en dehors du cours ! Et ce n'est pas la
première fois que ça t'arrive. Si ça se reproduit je préviens le
directeur et j'envoie un avertissement à tes parents. J'espère que
nous nous sommes bien compris !
- Excusez-moi madame, ça ne se reproduira plus.
- Je l'espère bien, je t'ai prévenu.
Clément se met à écouter attentivement.
Pendant ce temps là, dans une autre salle de classe, Delphine est
attentive. Si elle est toujours concentrée sur son travail, par contre,
elle redevient extravertie dés la récréation. A midi, elle retrouve
son frère et ils se dirigent vers la cantine. Dans le couloir, tous ces
petits diables courent, crient et chahutent. A table, certains
garnements s'amusent à jeter de la nourriture, Delphine fait partie
du groupe. La surveillante intervient :
- C'est fini ? On ne jette pas la nourriture. Vous allez me faire le
plaisir de tout ramasser et nettoyer après votre repas ! Je cite les
noms : Delphine, Aurélien, Clotilde, Pascal, Aurore et Robert.
Et pas de discussion !

Le repas terminé les cinq punis vont chercher le matériel de
nettoyage et se mettent à l'ouvrage tout en riant. La surveillante
revient vers eux et leur dit :
- Et on ne rit pas comme des fous, on travaille !
Ils lui répondent en chœur :
- Oui chef ! On travaille.
Elle réplique immédiatement et sèchement :
- Encore un mot et vous me copierez tous pour demain deux cent
fois : « Je ne dois pas répondre à la surveillante ».
Après cette réprimande, on n'entend plus un bruit. Les élèves
répondent aux ordres de la surveillante sans broncher puis ils
repartent ensemble en salle de cours. Dix-sept heures, l'école
ferme ses portes, on voit et on entend bruyamment tous les petits
diables traverser les couloirs. En route vers l'arrêt de bus,
Delphine est plutôt agitée alors que son frère marche lentement,
calmement, puis se retourne en sursautant. Il lui a semblé
apercevoir une ombre et il a ressenti comme une main se poser sur
son épaule. Sa sœur ne s'aperçoit même pas de ce qu'il lui est
peut-être arrivé. Clément marche plus vite vers Delphine car il a
peur, toutefois il ne dit rien.
Sa sœur lui demande :
- Clément, tu vas bien ? Tu as l'air tout drôle !
- Oui, je vais bien.
Quelques minutes plus tard ils montent dans le bus qui mettra une
demie heure à les ramener non loin de leur domicile. Ils ont deux
cent mètres à parcourir pour être chez eux. Clément essaie de
marcher aussi vite que sa sœur mais inquiet, il se retourne sans
cesse. Arrivés à la maison c'est Delphine qui ouvre la porte.
Tout de suite elle se sent bousculée par son frère qui court
directement dans sa chambre. Elle lui dit en criant :
- Pourquoi m'as-tu bousculé sans même t'excuser ?
- Oh pardon, ça ne se reproduira plus, tu ne vas pas m'en faire tout
un cinéma j'espère !
- Non, fiches-moi la paix, et puis débrouilles-toi tout seul.

On remarque chez Clément un changement de comportement,
quelque chose qui le met mal a l'aise. Il est dix-huit heures quinze
lorsque Léon rentre de son travail ce soir-là, il appelle ses enfants.
Delphine court vers son père. Ne voyant pas venir son fils il
demande à la fillette :
- Où est passé ton frère ?
- Il est allé dans sa chambre.
- Le père ajoute en criant un peu pour se faire entendre :
- Clément, viens s'il te plaît, je dois te parler.
- Oui papa, j'arrive.
- Pourquoi n'es-tu pas en train de faire tes devoirs ?
- J'attends maman pour qu'elle m'aide un peu.
- Bon d'accord, alors continues d'attendre ta mère mais restes dans
le salon, je vais faire ma toilette.
Pendant que Léon prend une douche, Clément en profite pour
s'échapper et filer dans le bois pour se rendre à la cabane.
Dés qu'il arrive il va à l'intérieur de son refuge car il aime se
retrouver seul pour méditer. Il s'assit sur la couverture et s'allonge,
les yeux grands ouverts en direction du ciel. Heureux, le garçon
siffle et fredonne une chansonnette. Au bout d'un instant il sort de
la cabane pour aller courir dans la forêt. Il trouve et cueille
quelques champignons qu'il prend soin de ne pas écraser, il les
donnera à sa mère. Avec empressement, il retourne dans son abri
pour y prendre un sachet, il dépose les champignons à l'intérieur et
décide de retourner chez lui. Sur le chemin, au bout de cinq
minutes, il se cache derrière un arbre car il entend des
craquements de branches brisées. Ainsi caché il voit passer
quelque chose de très grand, de très large, avec une tête allongée
et des yeux étranges qui marche très vite. Clément reste figé
devant le spectacle. Il attend que cet être s'éloigne pour sortir de sa
cachette. Il rassemble tout son courage et décide de le suivre
discrètement. Il parcourt au moins mille cinq cent mètres dans des
sentiers avant de voir la créature pénétrer dans un large passage
sous-terrain creusé dans le rocher.

Il s'approche à son tour de cette entrée, fait une centaine de mètres dans un passage peu éclairé qui le conduit finalement à un immense plateau rocheux. Là il s'arrête net, stupéfait, ses yeux ne le trahissent pas. Face à lui il aperçoit un vaisseau spatial d'au moins cent vingt mètres de diamètre et de vingt mètres de hauteur, de nombreuses lumières clignotent tout autour. Il observe cette scène quelques minutes et assiste soudainement au départ de l'engin qui disparaît en un éclair sans faire de bruit. Effrayé il reste immobile quelques instants puis il retourne en courant sans se retourner pour rejoindre sa famille. Clément est pensif, il revoit les scènes : d'abord celle d'un être qui le guette par la fenêtre de sa chambre, ensuite il ressent une main le toucher, il voit une ombre et maintenant il vient de voir décoller un vaisseau spatial ! Il détient enfin l'explication à tous ces phénomènes qu'il a vécus, il n'a pas rêvé ! L'enfant ne dira rien de tout cela à ses parents.
En rentrant à la maison sa mère lui demande :
- Où étais-tu ?
- J'étais dans ma cabane.
- S'il te plaît Clément vas chercher tes devoirs, je vais t'aider.
- Oui maman, j'y vais.
Pendant que Clément et Augustine sont occupés, Léon téléphone à la pizzeria. Il commande trois grandes pizzas pour le repas du soir. Delphine aide son père à mettre les assiettes, les verres, les couverts, du vin et du jus de fruit. A vingt heures toute la famille est à table. Tout le monde se régale mais Clément semble absent. Il est tourmenté par les événements qu'il vient de vivre. Il peine à terminer sa part de pizza et quand vient le moment du fromage il refuse et sort de table, bouscule une chaise sur son passage puis file dans sa chambre. Augustine démarre au quart de tour, elle le rattrape rapidement et le questionne :
- Peux-tu m'expliquer ton attitude ? Pourquoi as-tu jeté la chaise à travers la pièce ?
L'enfant reste muet, il se libère et se réfugie dans son lit, camouflé sous les couvertures. Sa mère face à son comportement préfère le

laisser seul et tranquille. Elle retourne à table, envoie Delphine se laver les dents puis elle l'accompagne dans sa chambre et lui souhaite une bonne nuit. Léon débarrasse la table et l'aide à faire la vaisselle sitôt qu'elle l'a rejoint à la cuisine. Ils discutent ensemble du problème de leur fils et vont se coucher tôt car ils sont fatigués ce soir là. Le lendemain mâtin les deux parents se lèvent à environ six heures trente, ils s'apprêtent puis préparent le petit-déjeuner. C'est mercredi, après une longue route René et Huguette sont enfin arrivés. Augustine et Léon les reçoivent chaleureusement et ils prennent ensemble le petit-déjeuner. Peu de temps avant de se rendre au travail ils s'entretiennent au sujet de Clément et des difficultés qu'il rencontre. Les grand-parents se retrouvent seuls, Huguette se décide de réveiller Delphine qui se lève rapidement et saute au cou de sa grand-mère. Ensuite la mamie va dans la chambre de son petit-fils et lui dit :
- Clément lèves-toi, il est l'heure.
- Laisses-moi tranquille, je suis fatigué, je veux dormir !
Elle n'insiste pas et redescend avec la petite à la cuisine pour la faire déjeuner. Sur la table il y a des croissants et des petits pains au chocolat qu'elle a acheté avant de venir.
René interpelle son épouse et lui dit :
- Mais, et Clément, il ne s'est pas levé ? Il est malade ?
Huguette lui répond :
- Il ne veut pas se lever René alors s'il te plaît, pourrais-tu aller le voir et essayer de lui parler ?
- Oui, j'y vais tout de suite.
René grimpe lentement les escaliers et entre dans la chambre de Clément. Il s'approche du garçon encore camouflé dans son lit et lui dit :
- Clément, c'est ton papy, lèves-toi s'il te plaît !
- Non, laisses-moi dormir, j'ai sommeil, je suis bien dans mon lit.
- Allez lèves-toi mon petit, tu vas déjeuner et je te promets qu 'ensuite je t'amènerai en forêt à la cabane.
- Oui, attends... papy, j'arrive ! Je suis fatigué, j'ai mal dormi. Bon,

je vais me lever mais n'oublies pas, tu m'as promis que l'on irait dans la cabane !

- Quand je dis quelque chose Clément, je le fais, je tiens toujours mes promesses.

Quinze minutes plus tard ils descendent ensemble à la cuisine. Delphine a déjà terminé, Clément mangent à son tour.

Bien que ce soit appétissant Clément ne mange qu'une moitié de croissant, toujours perdu dans ses pensées puis il quitte la table et se prépare pour aller en forêt avec son grand-père. Trois quarts d'heure après les voilà partis, René donne la main à son petit-fils qui lui fait un petit sourire forcé. Sur le chemin, René essaie à nouveau de le mettre en confiance pour l'amener à discuter.

Le jeune garçon, sensible aux propos de son grand-père se met finalement à lui parler :

- Tu sais papy, la dernière fois je t'avais raconté des choses, j'espère que tu ne me prendras pas pour un fou quand tu vas entendre ce que je vais te dire aujourd'hui !

- Je t'écoute mon petit.

- Papy, hier je suis venu tout seul ici et j'ai entendu du bruit. Je me suis caché et j'ai suivi une créature jusqu'à une sorte de grotte. Je suis rentré et j'ai vu un vaisseau spatial comme à la télé. La créature était grande et elle avait une tête allongée vraiment bizarre. Je n'invente pas papy tu peux me croire ! C'était bien elle qui me guettait la nuit à la fenêtre ! Il y avait un énorme vaisseau avec beaucoup de lumières, il est parti à une vitesse incroyable... puis plus rien en moins d'une seconde !

- Écoutes Clément, je veux bien te croire mais c'est la première fois que je t'entends me raconter une telle histoire ! Pour l'instant n'en parles à personne et on en discutera avec tes parents si tu es d'accord, parce que c'est tout de même inquiétant tout ce que tu dis... allez, on continue le chemin et on va à ton refuge.

- Papy, tu m'as promis que tu ne dirais rien à personne !

- Oui d'accord.

Quelques minutes plus tard, ils sont arrivés.

René reprend :
- Clément, allons-y, malgré mes soixante ans je suis encore
capable de grimper dans ta cabane.
Ils montent et s'allongent dans le repaire. Clément, soulagé d'avoir
parlé à son papy s'endort rapidement. Pendant ce temps-là, René
réfléchit à ce qu'il vient d'entendre ainsi que de cette discussion
qu'il a eu avec Léon et augustine. Il se pose des questions sur la
santé psychologique de l'enfant. Est-ce qu'il se fait des films ?
Au bout d'un moment Clément se réveille et dit à son grand père :
- Papy, pendant combien de temps j'ai dormi ?
- Environ deux heures Clément, je t'ai regardé dormir, je me suis
bien reposé moi-aussi, maintenant rentrons si tu veux.
L'enfant accepte et les voilà prêts à regagner le domicile.
Sur le chemin du retour ils ramassent des fleurs sauvages tout en
parlant. Arrivé à la maison Clément met de l'eau et les fleurs dans
un vase qu'il dépose sur la table du salon. Huguette comme
d'habitude est avec sa petite fille, elles ont préparé le souper.
La porte s'ouvre, c'est Léon qui revient de son travail.
Quelques instants plus tard c'est Augustine qui rentre à son tour et
qui remarque aussitôt les fleurs sauvages posées dans le salon, elle
demande qui lui a offert ?
- René et clément répondent en même temps :
- C'est nous ! Nous savions que ça te ferait plaisir.
Ensemble ils savourent le copieux repas préparé avec amour.
Après quelques heures de discussions, comme il se fait tard les
enfants disent au revoir à leurs grand-parents. Augustine les
amène au lit, Clément est assez serein et après un gros câlin ils se
font la bise car c'est l'heure de dormir. Delphine dit bonne nuit à sa
mère et va seule dans sa chambre. Augustine redescend rejoindre
Léon, rené et Huguette. Elle demande à son père si tout s'est bien
passé avec Clément. Ne voulant trahir sa parole il ne lui dit rien et
lui fait croire que c'était une journée sans problème.
Les grand-parents sont fatigués et repartent chez eux.
Après avoir regardé un film, Augustine et Léon vont se coucher.

La nuit est tombée et tout paraît calme. Pourtant, à quelques kilomètres de là rodent des êtres mystérieux, ça sera une nuit de travail intense pour ces gens. Avec de gros appareils adaptés, tous les fruits des arbustes qui ont été ramassés dans la journée sont transformés dans un laboratoire en une poudre spéciale : le Jouventum. Ce produit n'existe nulle part sur Terre . Il permet aux milairiens de garder la jeunesse de corps et d'esprit le plus longtemps possible. Les feuilles de jouverlatus leur servent de nourriture, la seule qu'ils consomment chez eux car ils sont végétaliens. Les graines sont récupérées et replantées, il faut compter quatre jours pour qu'elles donnent naissances à des arbustes capables de produire. L'histoire de Milaire est particulièrement critique. A cause d'un fléau du à une pollution sans pareille, le petit astre sur lequel habitent les milairiens ne dispose plus d'aucune plante. En effet, suite à l'explosion d'une météorite à proximité de Milaire, les effets ont été dévastateurs et sur les quatre-cent trente millions d'habitants, il ne reste plus que deux cent cinquante survivants aujourd'hui. Il s'agit uniquement de scientifiques qui se sont réfugiés au moment du désastre dans un bâtiment sous-terrain totalement protégé. Celui-ci est doté d' un système d'aération interne qui diffuse de l'air qui ressemble à celui de la Terre, mais il est toutefois moins riche en oxygène et contient plus d'azote. Le sol milairien est devenu inculte, entièrement stérile. La planète se situe à presque vingt-trois mille années lumières de notre Terre. Elle est composée de nombreux rochers, de deux cinquièmes de terres pour trois cinquièmes d'eau. Comme les rivières sont entièrement polluées, des scientifiques doivent prélever de grandes quantités d'eau et la purifier à l'aide de produits chimiques. Heureusement, dans un laboratoire, il y a quelques arbustes de Jouverlatus et à partir de ses fruits que sont les Jouvaires, une réserve de graines a été constituée. Six couples ont été désignés pour explorer l'univers à la recherche d'une planète habitée ou au moins cultivable. Leur mission était de semer des graines de Jouventum sur un terrain fertile, de récolter et faire des navettes pour subvenir aux besoins des deux-cent trente huit survivants restés dans le laboratoire. Dans un grand bâtiment, les douze scientifiques retenus pour cette expédition ont emprunté un long couloir qui les a conduit à une plate-forme. Celle-ci qui est protégée par une coupole ne s'ouvre et ne se ferme qu'au moment des décollages et Amilairissages. Deux vaisseaux sont prêts à décoller en permanence. Ils sont identiques et font cent trente mètres de diamètre pour dix-sept mètres de hauteur. Vêtus de sortes de scaphandres, ils ont pénétré dans le premier appareil et sont allés à l'aventure avec des réserves d'air, de nourriture et d'eau potable. Ils sont partis en mode rapide par un couloir spatio-temporel qui les a amené à notre galaxie en quelques secondes. Revenus en mode classique, ils ont exploré à distance plusieurs planètes de notre système solaire.

Après analyses, ils savent que la Terre est compatible pour cultiver le Jouverlatus et en récolter les Jouvaires et les feuilles. Ils sont capables de prendre notre apparence pour pouvoir se mêler à notre culture, capables aussi de pénétrer l'esprit humain et influencer les êtres et les choses par la pensée. Ils sont arrivés sur Terre depuis six mois. Chaque nuit, deux milairiens font un aller-retour en vaisseau en pilotage programmé et se rendent sur leur planète natale. Ils transportent sur une plate-forme le Jouventum et les feuilles de Jouverlatus pour leur peuple. Dans la journée ils sont d'apparences humaines mais la nuit ils reprennent leurs formes originales. D'un mètre quatre-vint dix, le milairien a une tête allongée, pas de cheveux, ses yeux sont rouges et envoient comme des rayons lumineux intenses quand il se concentre sur quelqu'un ou quelque chose. Il a le nez plat et large et une petite bouche avec des lèvres à peine visibles. Il ne peut passer inaperçu avec ses grandes oreilles effilées et pointues. Le corps est très droit, sans taille, avec des larges épaules carrées, des bras solides, des mains à quatre doigts. Il a de grandes jambes et des pieds plats très larges qui font plus de trente-cinq centimètres de long. Enfin, sa peau est rugueuse et d'une couleur argentée.

Ils sont vêtus d'une sorte de tunique grise faite de métal fin.
Chez la famille Carnot tout le monde se lève, nous sommes jeudi
mâtin. Comme chaque jour les enfants vont à l'école et leurs
parents sont au travail. Ce soir-là, Augustine rentre plus tôt et
ramasse le courrier. Une lettre attire son attention, celle-ci vient de
l'école primaire. Elle l'ouvre et lit que son fils Clément a reçu un
avertissement pour des mauvaises notes causées par des
problèmes de comportement. Léon est rentré de son travail, elle
lui montre le courrier. Après l'avoir parcouru, il discute avec sa
femme puis il décide de s'entretenir avec son fils, il appelle
le garçon qui arrive presque rapidement, il lui dit :
- Clément ! Nous venons d'être prévenus par le directeur de ton
école au sujet de tes mauvaises notes ! Tu dors en classe, tu ne
participes plus aux cours... que se passe t-il ? Pourquoi ce
changement d'attitude depuis quelques jours ?
Clément ne répond pas.
Léon réagit :
- Puisque c'est comme ça je téléphonerai demain au médecin
psychiatre et je vais te prendre un rendez-vous. Pourquoi ce
silence ? Tu as un problème mon fils. C'est bientôt les grandes
vacances et toute la famille sera réunie, j'espère que ça te
changera les idées et que ton étrange comportement cessera!
Augustine prend la parole à son tour.
- Bon Clément, tu vas finir par nous répondre ou pas ?
- Je n'ai rien à te dire maman, ni à toi papa ! Je retourne dans ma
chambre et fichez-moi la paix !
- D'accord, puisque tu n'en fais qu'à ta tête, vas chercher ton
cartable et tu commences tes devoirs. Ne penses pas que tu vas
aller dans ta chambre et ne rien faire !
Après cette vive discussion, Clément et Delphine terminent leurs
devoirs puis c'est le repas et le coucher pour les enfants.
Le lendemain mâtin, comme prévu Léon appelle le cabinet du
psychiatre et obtient un rendez-vous pour son fils, ce sera le 25
juin à neuf heures.

Augustine qui est prés de lui le note sur son agenda. Léon va dans la chambre et dit au garçon les date et heure de cet entretien avec le médecin. Clément ne répond pas. Son père s'aperçoit qu'il dort profondément mais qu'il transpire beaucoup. Il le réveille doucement et se rend compte qu'il est malade.
Il appelle Augustine et lui demande un thermomètre.
L'enfant a plus de trente-neuf de température. Augustine lui donne un médicament pour faire baisser la fièvre et téléphone au médecin. Elle appelle ensuite la clinique pour les informer que son fils est souffrant et qu'elle ne pourra venir. Aujourd'hui, ce sera Léon qui conduira Delphine à l'école avant de se rendre à son travail. Trois quarts d'heure plus tard, le médecin est là. Il ausculte l'enfant et diagnostique une grosse angine, il lui prescrit des antibiotiques mais prévient sa mère qu'il faut le rappeler immédiatement si la fièvre persistait après trois jours de traitement. Augustine doit laisser son fils seul, le temps d'aller dans une pharmacie. Le garçon reçoit tout à coup des sortes de signaux télépathiques qui lui disent « Fais attention à toi Clément, tu es en danger ! ».
Quelques instant plus tard sa mère est rentrée, elle lui donne son traitement. L'enfant lui raconte :
- Maman, je deviens fou ! J'ai entendu dans ma tête quelqu'un qui m'a averti que j'étais en danger.
- Oui mon fils, tu as de la fièvre, ça ira bientôt mieux, ce n'est que ton imagination, reposes-toi !Je suis là juste en bas, tu m'appelles si ça ne va pas.
Augustine téléphone quelques minutes à ses parents pour leur dire que leur petit-fils est malade mais qu'il n'y a rien d'inquiétant.
Elle les informe du problème de Clément et du suivi prévu par un psychiatre. Elle demande à ses parents s'ils peuvent venir garder leur petit-fils, ils acceptent avec plaisir. Après cet appel, elle se connecte sur internet et cherche un lieu pour leurs premières vacances d'été en famille. Elle prend notes de quelques endroits différents qui lui paraissent agréables, ultérieurement elle en

discutera avec son mari. Augustine veut cueillir deux salades dans
le jardin ainsi que quelques tomates et des courgettes dans la serre.
Elle s'aperçoit que le jardin est vide et que la serre a été ravagée !
Stupéfaite et rageuse elle téléphone à son mari immédiatement.
Elle tombe directement sur le répondeur et lui laisse un message.
Un quart d'heure plus tard Léon la rappelle. Augustine décroche ;
- Oui allo, Léon ?
- Oui ma chérie, je viens d'écouter le message où tu m'apprends
que l'on nous a volé tous nos légumes ! Nous sommes pourtant à
plusieurs kilomètres de la ville ! Qui aurait pu faire ça ?
- Comment veux-tu que je le sache ? Faut-il que j'appelle la
gendarmerie pour vol avec effraction ?
- Oui, tu leur téléphones, déjà pour leur expliquer les faits, mais je
pense qu'il faudra déposer une plainte contre x.
- D'accord. Tu as raison, je vais le faire. Clément va mieux, sa
fièvre est tombée. Tout à l'heure il me disait qu'il avait entendu des
voix qui l'avertissaient d'un danger. Voilà mes nouvelles et pour
toi, ça va au boulot ?
- Oui merci, côté travail ça va. Pour Clément, je pense que ce sont
les trente-neuf de fièvre qui le font divaguer, ça expliquerait les
voix qu'il entend. Bon je te laisse ma chérie car j'ai encore pas mal
de travail. Bisous et à ce soir.
- Oui merci, gros bisous et à ce soir.
Elle appelle aussitôt la gendarmerie de Lustangelle et les informe
du problème. Un agent lui fait savoir qu'il y aura un constat sur les
lieux de l'infraction dés que la déposition sera enregistrée.
Comme elle n'a plus de légumes, elle sort de son réfrigérateur de
la daube et cuisine un bourguignon pour le soir. Pour le midi elle
réchauffera un plat préparé quelle partagera avec Clément si son
appétit est revenu. Douze heures, elle prépare et donne les
médicaments à son fils et l'invite à venir manger. Il descend
encore un peu fiévreux et ne mange presque rien.
Augustine raconte à son fils le vol des légumes. Après le repas
Clément retourne dans sa chambre, il est encore moins à l'écoute

depuis qu'il est malade.

Sa mère occupe son après-midi par le nettoyage de la maison.

Le soir arrivé, sa fille et son mari sont rentrés. Léon va au jardin et dans la serre pour constater les dégâts. Il revient et fait savoir à sa femme qu'il a remarqué des traces de grands pas et qu'il ira lui-même porter plainte dés le lendemain mâtin. Ils prennent le repas, soignent Clément et discutent de leur projet de vacances d'été. Augustine informe son mari que ses parents viendront le lendemain pour s'occuper du petit, puis ils vont dormir car la journée a été rude. Le jour suivant, la fièvre de Clément est montée à presque quarante. Sa mère qui a des quelques notions de médecine ne comprend pas. Elle rappelle le médecin en urgence. Léon se lève plus tôt que d'habitude car avant d'aller à son travail il doit se rendre à la gendarmerie pour déposer une plainte.

On lui fait savoir que deux gendarmes viendront constater les lieux ce samedi vers quinze heures. René et Huguette arrivent et prennent le relais. Augustine part soulagée, elle conduit Delphine et va à la clinique. Le généraliste arrive et examine Clément l'air soucieux. Il annonce aux grand-parents qu'il devra le faire hospitaliser si son état ne s'améliore pas. René téléphone à sa fille puis à son beau-fils pou les informer de la santé préoccupante de Clément. Huguette s'occupe des repas tandis que son mari reste aux cotés de son petit-fils. Il lui raconte des histoires et au bout d'un moment, Clément lui parle des voix qu'il a entendues.

Le grand-père est tout-ouïe et s'inquiète de la santé psychologique de l'enfant. Le soir venu la famille se réunit autour du repas. Demain c'est le week-end et les parents seront là pour veiller sur leurs enfants. Après quelques discussions, Huguette et René repartent chez eux. Augustine et Léon vont consulter ensemble internet pour choisir le lieu où ils iront en vacances.

Après deux heures de recherches ils se décident pour l'Espagne.

Ils pensent que ça fera un grand bien pour toute la famille.

Ils sont fatigués de cette longue journée et vont dormir.

La nuit est calme, seuls les hululements des hiboux se font

entendre prés de la demeure forestière.

Clément est agité, il transpire, le sommeil ne vient pas, il entend du bruit du coté du jardin situé juste derrière sa chambre.

A travers les rideaux de la fenêtre, il voit une étrange lumière qui passe et disparaît. Tout à coup, il n'y a plus un seul bruit, même les hiboux se sont tus. En moins de dix minutes il parvient tout de même à s'endormir. La fenêtre s'ouvre, un milairien pénètre et s'approche du lit de l'enfant. A peine endormi, le garçon se réveille, il ouvre les yeux et il est effrayé par cet être tout prés de lui. Par télépathie, le milairien le rassure, lui fait comprendre qu'il ne lui veut pas de mal, bien au contraire. Clément reste muet.

Le milairien lui parle avec un accent:

- Je ne suis pas venu pour te faire du mal mais pour te guérir !

- Mais qui êtes-vous ? Ne me faites pas de mal ! Vous êtes un monstre !

- Non, je ne suis pas un monstre Clément, je m'appelle Harnabus.

- Comment connais-tu mon prénom ?

- Je sais tout de toi ! Nos esprits milairiens sont capables de connaître toutes vos pensées, nous communiquons par télépathie.

- Hier, dans mon esprit, j'ai entendu des mots qui m'avertissaient d'un danger. Était-ce toi ?

- Oui c'était moi. Si tu veux, nous pourrions devenir amis ! Mais d'abord je vais te guérir sinon tu mourras d'une méningite.

- Comment tu vas faire ?

- Tiens ! Prends cette poudre et avales-là ! Ensuite je partirai et tu ne te souviendras pas de ce moment.

- C'est quoi qu'il y a là-dedans ? Tu veux me faire mourir !

En un regard Harnabus l'hypnotise et l'immobilise par la force de sa pensée. Il lui fait avaler la poudre. Clément ne sera plus jamais malade et il vieillira un peu moins vite car le milairien lui a donné une forte dose de Jouventum. Harnabus se concentre et fait le nécessaire pour effacer les souvenirs récents de l'enfant, puis il le fait s'endormir. Il disparaît rapidement au bord de sa navette spatiale. Ce samedi mâtin, Augustine se lève avant Léon, prend le thermomètre et va dans la chambre de son fils.

Elle le voit debout, habillé et souriant. Elle lui dit :

- Mais que fais-tu debout à cette heure-ci ? Quand on est malade on reste au lit. Tiens ! Mets ce thermomètre, je vais vérifier ta température. Quelques minutes plus tard Clément rend le thermomètre à sa mère. Elle regarde, elle est toute surprise et dit à son fils :

- Incroyable ! Ta température n'est plus qu'à trente-sept six ! Je comprends ton sourire. Je n'en reviens pas que tu sois guéri aussi vite.

- Moi-même je n'en reviens pas maman.

- Puisque tu n'es plus malade je vais retourner me reposer avec ton père. Que vas-tu faire ?

- J'aimerais bien aller dans ma cabane. Je vais faire moi-même mon petit-déjeuner et j'y vais si tu veux bien . Est-ce que je peux emprunter les jumelles maman, s'il te plaît ?

- Oui d'accord mais prends-en soin, ne les casses pas surtout ! Au fait, tâches d'être rentré avant midi.

Avant de retourner dans sa chambre Augustine va voir Delphine, elle s'aperçoit qu'elle dort à poings fermés. Ensuite, elle rejoint Léon qui est réveillé et lui annonce que leur fils est en pleine forme, qu'il n'a plus de température et qu'il est allé jouer dans sa cabane. Léon est rassuré et heureux que son fils soit guéri.

Clément a déjeuné et il est en route pour aller dans son refuge.

Il sifflote tout en marchant et il cueille des fleurs sauvages.

Peu de temps après il arrive à la cabane et la garnit avec celles-ci.

Il est curieux, il ôte la petite planche de bois qui sert de fenêtre et regarde avec les jumelles un peu partout. Il observe des oiseaux dont quelques corbeaux et des merles, puis plus loin un grand cerf en train de manger. En ajustant les jumelles pour voir encore plus loin, il aperçoit un homme très grand qui se retrouve sur un arbre en un seul bond, Clément n'en revient pas. Il s'interroge et se demande comment un être humain peut-il être capable de faire cela ! Il se dit qu'il a peut-être été victime d'une hallucination et il

referme la fenêtre de bois.
Il pose les jumelles sur la table, il s'assoit et repense à tout ce qu'il
a déjà vu d'étrange depuis deux semaines. Il reprend les jumelles
et quitte la cabane rapidement. Dans sa hâte il trébuche et fait une
chute brutale en bas de l'échelle, sa jambe est fortement gonflée et
lui fait mal. C'est en boitant qu'il part se promener dans les
sentiers. Quelques centaines de mètres plus loin, en ramassant
d'autres fleurs, il s'abaisse dans la douleur et remarque dans une
surface boueuse des empreintes de pas gigantesques. Il poursuit sa
ballade pendant deux heures, il se sent étrangement bien et ne
ressent plus de douleurs, il retourne chez lui. En rentrant il dépose
les jumelles sur la table et s'assoit sur le canapé. Il ne dit pas un
mot. Sa mère lui demande si ces quelques heures de promenade se
sont bien passées. Il répond par un petit oui et ne parle pas de sa
chute. Sa sœur vient s'asseoir prés de lui et l'agace volontairement,
par jeu, et comme il ne réagit pas, elle se jette sur lui pour se
chamailler. Il la repousse un peu mais Delphine recule de deux
mètres en arrière et se blesse contre la table du salon. Elle saigne
sur l'avant-bras. Léon intervient :
- C'est bientôt fini vous-deux ! Mais tu saignes Delphine ! Je vais
chercher la trousse de secours.
Pendant ce temps-là Clément s'excuse auprès de sa sœur et il pose
la main sur son avant-bras pour regarder la blessure. Quelques
minutes plus tard son père arrive avec la trousse pour la soigner.
Il n'y a plus de blessure ! Il dit à sa fille :
- Mais ce n'est pas possible ! Tu étais bien ouverte, je n'ai pas
rêvé, il ne reste que du sang séché sur ton bras et tu n'as plus rien.
- Je sais papa, je n'y comprends rien.
- Bon, si c'est un petit miracle tant mieux. Allez laver vos mains et
toi Delphine, nettoies ce sang coagulé sur ton bras. Ensuite vous
irez à table car votre mère est en train de servir.
Ils s'exécutent, mangent et quittent rapidement la table pour aller
s'amuser. Vers quinze heures trente, la sonnerie retentit.
Léon va ouvrir, ce sont les gendarmes venus pour l'enquête qui

posent au couple quelques questions.

Ensuite ils se rendent au jardin et à la serre pour constater les dégâts. Ils remarquent les empreintes et prennent des notes.

L'adjudant Lucien dit à Léon :

- Si vous voyez quelque chose d'inhabituel vous nous rappelez monsieur. Bonne journée.

- D'accord, bonne journée messieurs.

Pendant ce temps-là sur Milaire, Talimar le haut responsable se réjouit de la nouvelle source d'alimentation terrienne.

Harnabus organise désormais deux convois chaque nuit, un pour le jouventum et l'autre pour les légumes. Sur Terre, les gendarmes étant partis, Augustine doit faire quelques courses au supermarché et dit aux enfants de se préparer. Léon sort la voiture du garage.

Les voilà en route pour le magasin, c'est Léon qui conduit.

A Lustangelle sur le parking, les enfants vont chercher un caddie et ils partent ensemble faire leurs achats. Contrairement à Clément qui est calme et ne dit pas un mot, Delphine est bruyante et espiègle, d'ailleurs elle finit par se perdre. Augustine est obligée d'aller voir la réceptionniste qui fait appel au micro.

Un agent de la sécurité la ramène quelques instants plus tard. Augustine la gronde. Ils sortent, rangent les courses dans le coffre et démarrent. Un quart d'heure plus tard ils doivent s'arrêter car il y a un bouchon. Un tracteur et deux véhicules des forces de l'ordre barrent la route. Léon qui est curieux serre le frein à main, met les feux de détresse et sort pour voir ce qu'il se passe. Il voit un fermier furieux qui explique aux gendarmes que son champ de scaroles a été ravagé, plus une seule salade sur plusieurs hectares ! C'est incompréhensible ! Léon se permet d'intervenir et fait savoir aux gendarmes que son jardin a subi la même chose il y a peu.

Un brigadier lui dit :

- Nous avons déjà reçu plus de vingt plaintes depuis jeudi, comment vous appelez-vous monsieur ?

- Je m'appelle monsieur Carnot.

- Ah oui, vous êtes le garde-forestier ! Vous avez été le premier à

déposer une plainte. J'ai deux collègues qui doivent passer chez
vous pour réaliser un moulage des empreintes. Ils viendront lundi
dans la journée, on devait justement vous téléphoner.
- Je vous fais confiance, je laisserai le portillon du jardin ouvert
avant d'aller au travail.
Léon salue tout le monde et repart dans sa voiture, il rapporte à sa
femme ce qu'il s'est passé dans ce champ et lui dit qu'un moulage
sera réalisé chez eux le lundi. Au bout d'une heure trente, la
circulation reprend et ils peuvent repartir.
Ils s'arrêtent à mi-chemin et vont manger dans un petit restaurant.
Un repas simple mais copieux et ils retournent à la maison.
Les enfants rangent les courses avec leurs parents et regardent un
film comique avant d'aller se coucher. Vers deux heures du mâtin
Clément se lève, il a soif. Il va dans la cuisine et se sert un verre
de boisson gazeuse qu'il boit d'un seul trait. Il a l'impression que
quelque chose a changé à l'intérieur de son corps. Il va au salon,
prend la trousse de secours et retourne dans sa chambre.
Il se regarde face à un miroir et constate que ses dents sont
devenues blanches et éclatantes, plus une seule carie !
De même, en voulant se soigner la jambe, il est surpris de voir que
cet énorme hématome qu'il s'était fait a disparu, il ne ressent plus
aucune douleur. Sa soif étanchée, il repart au lit, s'allonge et songe
à tous ces faits étranges. Il revoit sa sœur blessée qui guérit en un
temps record, puis maintenant ses dents et sa jambe. Il s'interroge
sur ce qu'il lui arrive. Il se sent poussé à sortir de chez lui.
Il met sa veste et ses chaussures puis sort à l'extérieur sans faire de
bruit. Il prend la direction de la forêt sans savoir pourquoi, un peu
comme si une force inconnue dirigeait ses pas. Il marche ainsi
pendant plus de deux heures puis il s'arrête net. Il lève les yeux et
voit pour la seconde fois un grand vaisseau spatial tout prés de lui,
celui-ci prend son envol en quelques secondes. Clément poursuit
sa route comme un automate et arrive face à une grande porte très
large. Il ne peut plus faire un seul mouvement, il est immobilisé.
Conscient, il regarde la lourde porte s'ouvrir et voit arriver

Harnabus qu'il ne reconnaît pas. Celui-ci téléporte l'enfant sur leur terrain, non loin de lui. Libéré de son immobilisme, il regarde autour de lui et s'aperçoit qu'il se trouve dans un lieu étrange. Les maisons sont de formes triangulaires, les hangars sont octogonaux et il y a des grands jardins remplis d'arbustes fruitiers bizarres. Harnabus s'approche et lui dit :

- Clément, si tu es là cette nuit, saches que c'est parce que nous t'avons choisi pour être l'élu parmi les Terriens. Nous t'avons donné un pouvoir qui te permettra de sauver beaucoup de vies. Tu seras capable de faire de la téléportation sur toi ou sur d'autres personnes dans une limite de sept kilomètres de diamètre. J'ai effacé tes souvenirs de la nuit dernière, mais si tu as guéri aussi vite, c'est parce que je t'ai fait prendre un produit que nous appelons chez nous le Jouventum. Vois-tu tous ces fruits autour de nous ? C'est à partir de leur extrait que nous fabriquons ce produit miracle.

- Où sommes-nous ? Je ne comprends rien à ce que vous me dites, et d'ailleurs, comment vous appelez-vous ?

- Je m'appelle Harnabus, nous sommes douze à venir de la planète Milaire...

- Milaire ! C'est où ?

- C'est à vingt-trois mille années lumières de votre Terre. Notre petite planète est polluée à cause de l'explosion d'une météorite. Plus rien ne pousse sur notre sol, c'est pourquoi nous sommes venus sur Terre pour pouvoir nourrir les deux cent trente-huit survivants restés sur Milaire. Tu auras besoin de Jouventum chaque jour pour conserver tes pouvoirs. N'aies pas peur et suis-moi, je vais t'amener chez moi.

- Je te suis, je n'ai plus peur.

Clément arrive devant cette drôle de demeure triangulaire qui s'ouvre par la pensée de son propriétaire. Il s'assoit sur un siège, une sorte de planche métallique suspendue par un système électromagnétique. Harnabus lui donne à nouveau une dose de Jouventum, il devra en prendre une toutes les vingt-quatre heures.

Puis il dit au garçon :
- Tu restes notre élu mais si tu parlais de notre présence sur Terre,
nous t'enlèverions tes pouvoirs en te privant de Jouventum.
- Mais j'ai déjà parlé de choses bizarres à mon papy.
- Utilises tes pouvoirs et il oubliera. Maintenant tu dois partir,
pour la première fois essayes de retourner chez toi par
téléportation, il suffit de te concentrer.
Clément, complètement décontracté, se concentre sur le lit de sa
chambre et s'imagine être au dessus. Instantanément, il se retrouve
allongé comme il l'avait souhaité. Il est heureux, il n'est pas
comme les autres, il se sent puissant par ses nouveaux pouvoirs.
Il ôte sa veste et ses chaussures puis se couche. Il pense à ce qu'il
lui arrive... et s'endort. Au lever, tout le monde s'apprête
tardivement car nous sommes dimanche. Augustine demande à
son mari s'il serait d'accord pour avoir un berger allemand.
Il pourrait surveiller la propriété. Léon pense que c'est une bonne
idée. Sur internet ils recherchent et trouvent un particulier qui
vend des chiots de cette race canine à prix raisonnables.
Augustine téléphone aussitôt. Elle peut aller chercher l'animal
dans l'après-midi. Elle met au courant ses enfants et leur dit qu'ils
iront le chercher ensemble. Comme d'habitude Clément s'allonge
dans le canapé et ne dit rien. Sa mère lui rappelle que le rendez-
vous chez le psychiatre approche. C'est la troisième fois dans la
semaine qu'elle lui fait ce genre de remarque et il se demande si
elle le prend pour un fou. Il se dit : « Ça va changer, elle ne va
plus me répéter ça, je vais utiliser mon pouvoir ».
Il ferme les yeux et fait le nécessaire, il espère avoir réussi.
Quelques heures après le dîner ils partent au hameau de Trugnace
chercher l'animal. Les enfants sont heureux, ça leur fera une
compagnie. Delphine veut l'appeler Rolph, ses parents acceptent.
Un peu plus tard, la famille Carnot décide d'aller rendre visite
chez René et Huguette. Pendant le trajet, dans la voiture, Rolph
aboie incessamment et bouge dans tous les sens à tel point que
Léon arrête le véhicule par sécurité.

Le chien semble calmé alors ils reprennent la route mais il recommence. Clément qui est agacé veut que ça s'arrête !

Il se concentre, ses yeux deviennent rouges, d'un rouge milairien, Rolph se calme immédiatement.

Delphine regarde son frère et s'écrie :

- Maman ! Clément a des yeux rouges, on dirait un démon !

- Arrêtes tes bêtises Delphine, tu regardes trop les dessins animés, vous avez remarqué le chien s'est calmé !

Léon répond :

- Oui et il était temps car il me prenait la tête.

Delphine regarde à nouveau son frère qui est comme d'habitude et pense qu'elle a eu une hallucination. Dés qu'ils sont arrivés chez leurs grand-parents les enfants sont heureux de montrer le chien qui est toujours très calme, presque endormi. Après deux à trois heures de discussion ils sont invités pour le repas. Huguette a préparé un coq au vin avec des frites puis du fromage et de la tarte aux abricots. Tout le monde se régale dans la joie familiale.

Juste après le repas, René fait un clin d'œil à Clément pour qu'il le rejoigne dans la cour. Le garçon s'éclipse discrètement et retrouve son grand-père.

- Alors petit, vois-tu encore des vaisseaux et toutes ces choses bizarres dont tu m'as parlé ?

- Papy, je suis allé chez eux, j'ai des supers pouvoirs maintenant !

- Ah c'est très bien mon petit, alors tu pourrais me rendre mes vingt ans Clément ?

Pendant que René répond, l'élu se concentre sur lui.

Il envahit son esprit et lui fait oublier tout ce qu'il lui a raconté.

Il veut vérifier s'il a réussi son action. René dit soudainement :

- Q'est-ce qu'on fait ici Clément et qu'est-ce que je te disais ?

- Rien papy, tu voulais qu'on prenne l'air après avoir mangé.

- Ah alors rentrons car il fait frais.

Une heure se passe, les grand-parents sont remerciés pour leur accueil chaleureux et la famille Carnot commencent le trajet pour le retour. Les deux enfants et Augustine se sont endormis.

Cinq cent mètres avant d'arriver, une lumière intense venue du ciel
éclaire la voiture de différentes couleurs. Léon est troublé, il freine
brutalement et arrête la voiture. Bousculés vers l'avant tout le
monde se réveille. Augustine dit à son époux :
- Mais Léon, pourquoi t'es-tu arrêté si violemment?
- J'ai aperçu quelque chose de bizarre dans le ciel. C'était un
ensemble de lumières qui formaient un cercle et éclairaient la
voiture, mais tout a disparu en un rien de temps. En entendant ce
récit, Clément ressent dans son esprit que c'est Harnabus qui est
venu pour lui. Il a hâte d'être dans sa chambre car il a comme un
effet de manque au Jouventum. Ils reprennent la route et cinq
minutes plus tard ils sont chez eux et vont se coucher.
Quelques instants plus tard Harnabus se trouve dans la chambre.
Clément lui raconte l'étendue de ses pouvoirs grâce à la potion de
Jouventum. Le milairien lui demande s'il n'a pas trop de difficultés
pour se concentrer. Il lui répond qu'il a réussi facilement sur son
grand-père. Harnabus lui donne le produit miracle puis repart
comme il est venu. Le lendemain matin chacun va à ses
occupations et vers quinze heures, les gendarmes arrivent dans la
cour pour faire le moulage des empreintes. Pendant ce temps-là,
sur la planète Milaire, Talimar ordonne aux couples de se
reproduire au maximum pour assurer la survie de l'espèce.
Ce sera rapide car la période de gestation des milairiennes n'est
que de onze semaines. Il n'a fallu que quelques secondes pour
parvenir de Milaire sur la Terre grâce au système spatio-temporel.
Les cent dix-neuf couples se sont reproduits et ils sont maintenant
en surnombre, soit seize mille quatre-cent quinze qui sont entassés
dans le bâtiment. Désormais à plusieurs milliers, la nourriture
commence à manquer. Les habitants de Milaire ont demandé à
l'équipe d'Harnabus de chercher une solution dans l'urgence.
C'est pourquoi dans la journée, au fin fond de la forêt, les
milairiens qui sont sur Terre se réunissent. Ils sont à l'intérieur du
hangar principal et doivent décider de la meilleure façon de
s'approprier de la Terre.

Il est décidé d'envoyer vingt convois de cinq cent milairiens sur notre planète. Plus question d'être pacifiques, il faut survivre ! La nouvelle mission consiste à produire le maximum de Jouverlatus sur Terre car nos légumes ne conviennent pas ! En effet, depuis que Milaire en est approvisionné, tous les habitants de cette planète ont vieilli ! Les éléments contenus dans nos légumes sont incompatibles avec l'effet du Jouventum. Talimar ordonne immédiatement l'arrêt des convois car de nombreux milairiens meurent chaque jour de vieillesse. Avec le vaisseau d'Harnabus et le second vaisseau resté sur leur planète, dix mille milairiens sont envoyés aussitôt chez nous. Ils sont ensuite répartis en quatre-cent groupes de vingt-cinq colonisateurs à l'apparence terrienne sur les cinq continents, dans les endroits les plus discrets. Talimar, le patriarche, a donné l'ordre de stopper toute reproduction sur leur planète, celle-ci ne reprendra que sur la Terre en temps opportun. Toutes les colonies utilisent le même stratagème et bâtissent des enceintes camouflées pour de nouvelles plantations de Jouverlatus. C'est Harnabus, deuxième haut responsable juste après Talimar, qui commandera toutes les forces d'intervention milairienne sur Terre. Vu l'urgence, les navettes des vaisseaux font de nombreux allers et retours prés de Trugnace, en France, pour s'approvisionner en graines. Quelques jours plus tard, les nombreux Jouverlatus produisent en grandes quantités des feuilles et des Jouvaires quotidiennement. Les voyages sur Milaire sont multipliés et le risque de famine et de vieillesse est enrayé. Sur Terre, pendant ce temps-là, Augustine est sur la route et se rend à la clinique. Sabine, une collègue de travail, lui demande :
- As-tu écouté les informations à la radio ce mâtin ?
- Non, j'écoutais de la musique. Pourquoi ?
- J'ai entendu que des faits étranges ont eu lieu dans le monde entier. Des milliers de témoins ont vu des objets volants non identifiés en pleine nuit.
- Incroyable ! J'ai du mal de croire à ces choses là tu sais.

- Il faut espérer que tu aies raison mais ça fait des années qu'on en parle, nous ne sommes peut-être pas les seuls dans l'univers.
Depuis quelques jours j'ai rencontré des patients qui m'ont affirmé avoir vu des sortes de soucoupes volantes et ils avaient l'air d'être sincères en parlant de cela.
- Bon, des malades ont besoin de moi, j'y vais.
De l'autre côté de la ville, dans la cour de l'école, les enfants sont en récréation. Clément ne joue plus comme il le faisait auparavant. Il est pensif, ne bouge pas, regarde autour de lui avant de se concentrer. En un éclair, il se retrouve perché dans l'arbre. Lucie, une fillette de sept ans d'une autre classe s'écrie :
- Madame, madame, il y a un grand qui était là, il a eu des yeux rouges et hop, il s'est retrouvé dans l'arbre tout d'un coup.
La maîtresse s'approche et ne voit personne dans l'arbre, elle dit à la fillette :
- Lucie, comme tu le constates, personne n'est dans ce marronnier.
- C'est faux ! Regardez madame, c'est lui là-bas !
Comme la petite a désigné notre élu, l'enseignante dit à Clément :
- Peux-tu venir ici s'il te plaît.
- Oui madame, c'est pourquoi ?
- Lucie me raconte que tu étais tout en haut de cet arbre.
- Mais madame, elle hallucine la petite.
- Ce n'est pas grave mais si ça se reproduit j'avertirai ses parents. Tu peux y aller.
Quelques minutes plus tard, la cloche sonne la reprise des cours. Tout le monde se met en rang, chaque élève retourne dans sa classe. Dans celle du jeune Carnot, la maîtresse annonce une dictée, il a horreur des dictées, il n'est pas bon en orthographe.
- Sortez tous vos cahiers, et moins de bruits s'il vous plaît !
Écrivez : « Il était une fois... ».
Les yeux rouges de Clément fixent la maîtresse qui semble ne plus savoir la suite de la dictée. Jacques, un élève, lève la main et dit :
- Madame, et la suite de la dictée !

—

- Mais quelle dictée ? De quoi me parles-tu Jacques ? Aujourd'hui nous ferons un cours de géographie.
- Mais madame, est-ce que l'on doit ranger nos cahiers de dictées ?
- Mais qui vous a demandé de sortir vos cahiers de dictées ? Rangez-moi ça tout de suite et vite, on se dépêche !
Clément s'amuse comme un fou et n'a pas l'intention d'en rester là.
- Sortez vos livres de géographie, page trente-deux, nous allons étudier la carte de France, région par région. Valentin, peux-tu me dire où situe la région de la Basse-Normandie ? L'élève ne répond pas. Elle pose ensuite la même question à Lucienne.
L'élève montre l'endroit sur la carte sans problème. La maîtresse regarde Clément qui devine dans ses pensées qu'elle s'apprête à l'interroger. A nouveau il se concentre. Elle est surprise de voir toute la classe avec des livres de géographie.
- Mais je ne vous ai jamais demandé de sortir vos livres de géographie ! Vous n'entendez pas ce que je vous dis ! Ce mâtin, ce sera un cours de mathématiques.
Elle saisit la craie avec fermeté, va au tableau et pose une multiplication. Elle appelle une élève qui la fait correctement. Ensuite, elle change d'opération pour chaque élève qu'elle fait venir jusqu'au moment où c'est le tour de Clément.
Comme les fois précédentes, il utilise un de ses pouvoirs.
La maîtresse pose la craie et lui dit :
- Mais qu'est-ce que tu viens faire au tableau ? Retournes à ta place ! Aujourd'hui nous allons chanter. Sortez votre fiche du chant « Vive les vacances « .
Toute la matinée s'est passée de cette façon. Les élèves se plaignent, certains pleurent, d'autres s'interrogent sur la santé mentale de l'enseignante. Deux d'entre eux s'enfuient chez monsieur le principal et veulent retourner chez eux.
Le directeur vient et constate une salle anormalement agitée.
Il retourne dans son bureau et ramène les deux élèves vite fait en classe par la peau du dos, avec une punition à la clé.
Il voit quelques élèves pleurer et dit :

- Mais qu'est-ce qui se passe dans cette classe? Deux fugueurs, trois pleurnicheurs, des chanteurs ! On dirait bien qu'il n'y a que Clément qui soit calme et normal aujourd'hui ! Ne me faites plus déranger et vous madame, vous n'avez pas même pas vu qu'il vous manquait deux élèves ? Et vous tolérez ce vacarme, faites-vous respecter je vous prie !

L'institutrice, les yeux en orbite, reste droite comme un piquet, immobile, sans dire un mot. Elle réussit tout de même à parler en bégayant comme une chèvre :

- Bèèè... Beh que faites-vous ici monsieur le directeur ?

- Deux élèves s'échappent, votre classe est composée de chanteurs, braillards et pleurnicheurs et vous ne réagissez pas !

Clément qui a regardé et écouté la scène joue à nouveau avec ses talents et s'exerce sur le directeur qui dit soudainement d'un ton désœuvré :

- Mais qu'est-ce que je fais ici ?

L' enseignante lui répond :

- Je... je ne sais pas monsieur, tout va bien ici !

Toute la classe a été comme hypnotisée, il ne reste aucun souvenir dans les esprits, sauf dans celui du jeune Carnot qui s'est bien amusé. Avant le repas du midi, un milairien d'apparence terrienne passe devant la cour d'école et, par transmission de pensées dit à Clément : « Harnabus m'envoie pour ce message. Si tu veux garder tes pouvoirs et vieillir moins vite, il faut que tu abandonnes toutes nourritures terriennes et que tu ne prennes désormais que du Jouventum et des feuilles de Jouverlatus comme seule alimentation « . Le garçon lui répond par télépathie : « Ça va me manquer mais j'aime tellement mes pouvoirs que je me priverai de toute nourriture d'ici ». Le milairien disparaît comme il est apparu. A la cantine les élèves qui sont à la table de Clément lui demandent pourquoi il ne mange pas. Il leur répond qu'il n'a pas faim puis leur fait oublier ce moment. L'après-midi se passe normalement. La cloche sonne la fin des cours, tous les élèves peuvent retourner chez eux.

Arrivés à la maison, Delphine et son frère font leurs devoirs avant le repas. Réunis à table, Clément demande à sa sœur si elle veut bien l'accompagner chez leurs grand-parents. Elle accepte et ils demandent l'autorisation à leurs parents. Ils sont d'accord, les enfants partirons en autocar le lendemain mâtin. Clément se rend chez son papy et sa mamie car son don de télépathie n'est efficace que dans un rayon de sept kilomètres. Levés tôt, les enfants partent en autocar et arrivent à Verligne. Ils entrent et surgissent en surprise, René et Huguette sont contents de les voir.
Ils passent une belle journée et notre élu attend le moment opportun et se concentre. Il efface des mémoires de sa sœur et de ses grand-parents le rendez-vous du psychiatre. En début de soirée Augustine vient les rechercher. Une fois à la maison Delphine va dans sa chambre terminer ses devoirs tandis que sa mère prépare le repas. Léon est dans le salon avec son fils et lui dit :
- C'est bientôt ton rendez-vous chez le psychiatre.
- Ah ! Je pensais que tu l'avais oublié !
- Ça ne risque pas, tu as trop de problèmes, je prendrai ma journée pour t'y amener.
- Oui d'accord papa...
Clément s'énerve et utilise son pouvoir sur son père qui lui dit :
- De quoi je te parlais déjà ?
- Tu me parlais de la fête foraine du mois de juillet.
- Ah bon, je ne m'en souviens pas. Bon, j'ai du travail, vas finir tes devoirs.
- Oui papa.
Le garçon ne va pas étudier mais part directement fouiller les tiroirs du buffet. Il retrouve le courrier du directeur d'école et l'agenda où est noté le rendez-vous. Avec un certain plaisir il déchire la page et la lettre compromettante. Le lendemain, comme il n'est qu'à deux kilomètres du centre ville, il utilise encore la télépathie et fait oublier au psychiatre et à sa secrétaire son existence. Après il va aux toilettes pour être à l'abri des regards et se téléporte dans le cabinet médical.

Le psychiatre le regarde étonné et se demande s'il a des visions.
Notre élu pense très fort et voilà notre spécialiste qui se retrouve
dans la pièce d'à côté. En quelques secondes l'agenda est détruit et
ses références n'existent plus. Le médecin revient dans son bureau
tout étourdi et lui demande :
- Mais qu'est-ce que tu fais ici ?
- C'est l'heure de ma séance Docteur.
- Alors attends, je vais regarder sur mon agenda. Ah tu es sans
doute le petit Auguste ?
- Oui c'est moi. Puis-je aller m'asseoir ?
Le médecin s'approche de Clément et commence à le questionner
sur son enfance et ses relations avec ses parents. Comme il est
agacé Clément respire profondément, son regard devient rouge à
nouveau, pénètre le docteur et l'immobilise quelques secondes.
Le spécialiste, le teint pale et la voix bégayante, dit au garçon :
- Mais... mais, mais ! Tu devrais dé déjà être re.. reparti mon...
mon petit Auguste !
- Oui Docteur, je rentre chez moi.
Il sort par la porte, va dans la pièce voisine et se téléporte pour
revenir à l'école. En sortant des toilettes, Clément est accoudé au
marronnier, pensif. Tout à coup, il sort de sa torpeur car il entend
soudainement des cris de douleurs, c'est la petite Lucie qui pleure.
Elle courait et s'est cognée fortement contre le banc, son genou est
enflé. La maîtresse s'empresse de l'emmener à l'infirmerie suivie
par Clément. L'élu s'approche et met sa main sur le genou blessé.
Il console Lucie et lui dit des paroles rassurantes.
L'infirmière lui dit de s'en aller. Elle veut examiner la petite mais
celle-ci se lève et s'en va en courant tout en chantant : « Clément
j'ai plus mal, Clément je suis guérie ».
L'infirmière rappelle la maîtresse :
- Madame, vous m'avez amené une petite d'urgence qui vient de
s'en aller en chantant. Je vous serais reconnaissante de ne plus me
déranger pour rien, merci !
- Mais je ne comprends pas, le choc était violent, elle pleurait et...

- Au revoir et que ça ne reproduise plus !
La maîtresse intriguée va voir l'élève et constate que son genou
n'est plus enflé, elle va s'asseoir un instant sur le banc et reste sans
bouger. Clément retourne voir Lucie. En le voyant elle lui dit :
- Je ne comprends rien ! J'avais mal, je ne savais plus bouger le
genou et comme par magie quand tu m'as touché, j'ai senti de la
chaleur et les douleurs sont parties.
- Mais non Lucie, j'ai bien vu que tu n'avais rien !
Il agit à nouveau et en un instant la petite n'a plus aucun souvenir
de cet accident. Clément est heureux, il est devenu un enfant
phénoménal, grâce à ses dons il peut jouer avec plaisir sur les
autres. Quelques heures plus tard, sur le trajet du retour, il reçoit
un message télépathique par Harnabus qui lui dit :
- Je dois retourner sur ma planète, Talimar est mort. En manque de
jouventum, les années l'ont rattrapé et il a succombé de vieillesse !
Si tu es d'accord je t'emmène avec moi sur Milaire. tu dois me
donner une réponse dans une heure.
Clément qui doit trouver une excuse dit à sa sœur :
- J'ai mal au ventre ! J'ai envie de vomir !
Delphine lui répond :
- En rentrant préviens maman de tes douleurs.
- Oui, c'est sur...
Quelques minutes plus tard, les voilà chez eux. Augustine est déjà
à la maison, le jeune garçon dit à sa mère :
- Maman, je vais dans ma chambre, j'ai des nausées, j'ai mal au
ventre, je ne saurai pas manger.
- Attends, je vais te donner des médicaments pour ça. Avant de
me coucher je passerai voir si tu vas mieux, sinon demain tu restes
à la maison et j'appelle le médecin. A tout à l'heure.
- Merci maman.
Dans sa chambre il se concentre et contacte Harnabus. Il lui fait
savoir qu'il est prêt à partir et qu'il se téléportera directement dans
leur camp. Une heure plus tard il se trouve chez les Milairiens.
Ils partent ensemble dans la grotte en empruntant la navette.

Ils n'en descendent que pour monter aussitôt dans le vaisseau mère. Clément regarde partout à l'intérieur, il est impressionné de voir toutes ces touches, ces lumières et toutes ces choses étranges qu'il ne connaît pas. A peine assis sur un siège, le voilà bloqué par un système automatique. En un éclair l'appareil déchire le ciel et se trouve déjà dans le système solaire puis Harnabus passe à la phase deux et utilise le couloir spatio-temporel.

En quelques secondes terriennes, ils se trouvent au dessus de la plate-forme, sur Milaire. Clément est un peu déçu. Sur l'écran de vision, il n'a vu défiler que la Lune et Jupiter en un rien de temps, et puis plus rien, ils sont déjà arrivés. La coupole s'ouvre et le vaisseau se pose en douceur sur le sol. Ils traversent le long couloir jusqu'au laboratoire. La porte s'ouvre, tous les milairiens s'agenouillent pour honorer Harnabus. Clément ne les voit pas sous forme humaine mais tels qu'ils sont réellement, ça lui fait un peu peur et il se cache derrière son ami mais celui-ci reprend également sa forme milairienne. Surpris de le voir sans son enveloppe, l'élu bondit en arrière avant de se ressaisir.

L'honorable Aurilus s'avance vers Harnabus et lui dit dans leur langue :

- Ces dernières heures nous venons encore de compter dix nouveaux décès sur Milaire.

Harnabus lui répond :

- J'ai décidé que toutes les dépouilles de nos frères seront incinérés dans le milaitorium dés maintenant. Préviens les gardiens pour qu'ils se mettent à l'œuvre immédiatement !

Aurilus se retire et fait exécuter les ordres. Il revient et fait un long discours en hommage à Talimar. Comme le veut la coutume Harnabus devient le patriarche. Il dit à Clément :

- Comme les cérémonies sont terminées, tu peux mettre ta combinaison spatiale car je vais te faire visiter notre planète malheureusement polluée, suis-moi.

- Ah je suis content d'aller voir enfin une autre planète que la Terre !

Ils partent en navette et pendant une semaine ils explorent Milaire. Le garçon découvre un paysage totalement différent que ce qu'il a connu jusqu'ici. Il remarque des constructions bizarroïdes qui sont abandonnées. Il n'y a aucune présence de végétation mais derrière un brouillard de poussières, il voit des petites rivières entre des rochers gigantesques. Le cinquième jour Harnabus pose la navette, ils vont observer le terrain. Ils endossent des bouteilles d'oxygène et Harnabus règle celle de Clément pour que l'air soit semblable à celui de la Terre. Ils marchent sur un sol rocailleux et sableux par endroits et arrivent jusqu'au centre d'épuration des eaux. Quelques ouvriers saluent le nouveau patriarche. La visite est terminée, ils rejoignent la navette. L'élu a été émerveillé de voir cette planète mais triste de constater son état. Harnabus informe Clément que ces sept jours sur Milaire représentent trois cent cinquante jours sur la Terre. Il le rassure et, arrivés en orbite autour de notre planète, il enclenche la vitesse supraluminique et le vaisseau tourne autour de la Terre à une vitesse dépassant plusieurs fois celle de la lumière. Le temps est remonté et ils sont rentrés à peine deux heures après leur départ. De retour dans la grotte, le patriarche dit à l'élu :
- Clément, je suis très occupé en ce moment avec les plantations des cinq continents que je dois gérer. Tiens, prends cette boite ! Elle contient du Jouventum et des feuilles de Jouverlatus, tu seras tranquille pour sept jours! Surtout, sois prudent et caches bien la boite, personne ne doit savoir ce qu'elle contient.
- Ne crains rien, je serai prudent. A bientôt et encore merci pour ce voyage fabuleux sur Milaire.
Clément se téléporte directement dans sa chambre. Sa mère rentre dans sa chambre juste au moment où il s'allonge sur le lit et dit :
- Tu vas mieux mon garçon ? Est-ce que tes douleurs sont calmées ?
- Oui je vais mieux maman, je suis guéri. Demain je vais à l'école.
- Tant mieux. Bonne nuit et dors bien.
Augustine dit à son mari que leur fils n'est plus malade et qu'il ira

en cours le lendemain. Pendant ce temps-là, dans le camp des milairiens, Harnabus effectue un voyage aux États-Unis d'Amérique. Marlus un chef de groupe le reçoit à la hauteur de son rang et lui communique ses craintes d'avoir été repéré. Les télévisions terriennes ont diffusé des informations troublantes. Des radars ont capté des signaux d'engins non identifiés. Harnabus dit à Marlus :

- Ce n'est pas d'aujourd'hui qu'ils captent des signaux sans pouvoir les expliquer donc, pour le moment, il ne doit y avoir aucune réaction de notre part ! Continuez à récolter et évitez les déplacements de jour avec les navettes. Je me charge de faire transporter les réserves sur Milaire. Il faudra rapidement trouver un solution pour ne plus être détectés, à bientôt Marlus.

Harnabus profite de sa présence en Amérique pour faire charger la navette de provisions et retourne à la grotte pour faire transférer les vivres dans le vaisseau mère. Il accompagne le convoi pour se rendre à Milaire et ordonne une réunion. Il explique ce qu'il se passe sur Terre et indique qu'il faut trouver une solution pour échapper aux radars. Un ingénieur expérimenté s'avance et dit au patriarche :

- D'après mes études sur leurs systèmes primitifs, il suffirait de survoler les zones campagnardes à basses altitudes, c'est aussi simple que cela. Ces terriens sont bien loin de notre technologie de pointe !

- Excellente nouvelle ! Bon travail ! Je repars immédiatement sur Terre et je vais ordonner à nos équipes de changer les paramètres de vols.

Harnabus est de retour et fait prévenir tous les groupes. Toutes ces heures de voyages l'ont diminué, il prend une dose de Jouventum et va se reposer. Deux heures après il fait encore nuit, il se téléporte dans la chambre de Clément. Comme il est l'élu, il est venu pour lui rapporter les dernières nouvelles. Le garçon est heureux de le revoir car il pensait qu'ils ne se seraient pas revus avant une semaine. Le patriarche est reparti, Clément est allongé sur le lit quand le téléphone sonne. Comme ses parents dorment encore il décroche.

- Oui, allô, c'est qui ?
- Tu ne reconnais plus la voix de ta grand-mère ? Comment se fait-il que ce soit toi qui me répondes ?
- Papa et maman dorment, je peux les réveiller si tu veux mamie !
- Oui s'il te plaît, c'est très important.

Clément va réveiller ses parents et leur explique. Augustine se lève, va au salon et prend le combiné.

- Bonjour maman, pourquoi m'appelles-tu de si bonne heure, il n'est que cinq heures trente ?
- L'ambulance est venue chercher ton père, je te téléphone de la clinique. Il est gravement malade, un cancer généralisé, le spécialiste lui donne trois semaines au plus. Tu devrais venir le voir...
- Oui, je m'apprête et je viens !

Clément a entendu la conversation. Il demande à sa mère s'il peut l'accompagner. Augustine refuse et lui dit de se recoucher en attendant l'heure de l'école. Elle prévient Léon qu'elle se rend à l'hôpital et lui explique la raison. Une heure plus tard la voilà arrivée au chevet de son père. Il est pâle, il a maigri et ne bouge plus, il est sous perfusion et sous assistance respiratoire. Huguette qui était allée se chercher un café rentre dans la chambre, elle voit sa fille et ils laissent échapper de chaudes larmes. Une heure plus tard Augustine part de la chambre et met sa blouse pour commencer sa journée. Son mari lui téléphone pour savoir comment va René. Elle lui explique son état et le temps qu'il lui resterait à vivre. Pendant ce temps là Léon s'occupe à préparer le petit-déjeuner de Delphine et Clément puis les conduit à l'école. A l'hôpital Huguette est fatiguée et s'est endormie dans le fauteuil. Sa fille la réveille et lui conseille de rentrer chez elle. Clément qui est très complice avec son grand-père a l'esprit tourmenté. Il attend impatiemment d'être en récréation. Aussitôt que la cloche a sonné il sort en courant, va aux toilettes

puis se téléporte prés de son grand-père. Il a de la chance,
personne n'est là pour le voir apparaître dans la chambre.
Dés qu'il voit l'état de son papy, il est malheureux et il se met à
pleurer. Quelques minutes plus tard il se reprend et se concentre
au maximum comme il ne l'a jamais encore fait, puis il pose les
mains sur plusieurs zones du corps de René.
Il renouvelle l'opération deux à trois fois. Dés qu'il perçoit les
premiers signes du réveil de son grand-père, il décide de s'en aller.
Il se sent épuisé et se téléporte avec peine pour retourner à l'école.
Huguette qui s'est reposée quelques heures revient voir son époux.
Elle le voit les yeux grands ouverts, les joues rosâtres, les pieds
qui bougent en rythme et les doigts de la main qui tapent un air
musical sur la bordure du lit. Elle n'en revient pas ! Elle appelle
immédiatement une infirmière, c'est sa fille qui vient, craignant le
pire. Quand elle voit son père, elle bipe aussitôt le médecin de
service qui arrive rapidement. Il l'ausculte et ne peut expliquer
cette amélioration soudaine. René met sa main sur l'appareil et fait
comprendre qu'il ne veut plus d'assistance respiratoire.
Le médecin débranche et enlève le matériel, le patient respire
comme un jeune homme. Un scanner est programmé rapidement.
Au bout de trois jours les résultats sont arrivés, il rentre chez lui
totalement guéri, plus aucune trace de cancer. La famille se réjouit
de cette guérison miraculeuse. Clément est heureux et fier.
Pendant ce temps là les milairiens continuent leur train de survie.
Harnabus, exaspéré de constater que les siens restent une minorité,
envisage que son peuple se reproduise d'avantage! Pour cela, il
décide de prendre plus de terrains sur la Terre. Le problème, ils
sont déjà captés par la N.A.S.A et il leur faudra agir avec plus de
prudence. Pour cela il décide que l'accroissement des siens sur
cette planète doit se multiplier. Bientôt il donne l'ordre à ses
troupes d'explorer cette planète pour connaître les coins les plus
inhabités. Plus de mille navettes sont prêtes à chercher les lieux
les mieux adaptés. Ils partent la nuit et, au bout de plusieurs
heures de recherches ils transmettent les informations au

patriarche. Harnabus est tellement enchanté des résultats qu'il
prend aussitôt son vaisseau pour se retrouver sur Milaire.
Il donne des ordres pour que les trois quarts des milairiens
rejoignent la Terre. Ceux qui resteront seront les scientifiques.
Harnabus espère qu'ils trouveront la solution pour purifier la
planète afin qu'elle devienne à nouveau habitable.
Une mobilisation est organisée et plusieurs milliers de milairiens
sont prêts à envahir la Terre. Au préalable ils ont calculé les lieux
des destinations qu'ils vont occuper. Deux semaines plus tard,
après de multiples allers et retours ils arrivent sur cette planète qui
leur était inconnue. Sur place les équipes commandées par
Harnabus ont préparé leurs arrivées. Ils exploitent des terrains et
les cultivent comme leurs prédécesseurs. Deux autres semaines se
sont passées, Clément et sa sœur appréhendent les vacances.
En effet encore deux jours et nous y sommes! Comme l'élu a fait
savoir qu'il partait bientôt, Harnabus lui envoie par téléportation
des feuilles de Jouverlatus et du Jouventum. La famille Carnot
prépare le nécessaire pour leurs congés. Ils ont changé d'avis et ne
vont plus en Espagne mais au Canada, du côté du Québec car on y
parle le français. Ils se rendent en voiture à Lustangelle et laissent
le véhicule dans un parking privé bien sécurisé. Ensuite ils
gagnent l'aéroport puis montent dans l'avion qui décolle une heure
plus tard. Au bout de deux heures de vol l'hôtesse vérifie que
toutes les ceintures sont mises. Arrivée prés du numéro 101 un
homme armé la prend en otage. Il porte une cagoule noire qui ne
laisse entrevoir que deux yeux perçants et cruels. Il fait ouvrir la
cabine du commandant de bord et le menace de mort s'il ne
change pas sa trajectoire, il veut se rendre en Argentine.
Il s'agit d'un évadé de prison qui a été condamné à perpétuité pour
de multiples assassinats, son seul espoir est d'aller en Amérique du
sud. Clément voit la scène, il se détache, va dans la cabine et se
met à nouveau en action. Le prisonnier donne son arme à l'élu et
sourit l'air simplet il lui dit :
- Qu'est-ce que je fais ici ? Ou suis-je... et qui suis-je ? Je dois

bien avoir un nom !

Clément lui répond :

- Monsieur, nous vous dirons qui vous êtes une fois arrivés au Québec. Ne vous inquiétez pas, vous serez pris en charge là-bas. L'hôtesse de l'air prend l'arme des mains de Clément et la donne au commandant. Ensuite elle accompagne le bandit jusqu'à sa place. Tous les passagers se posent des questions, pourquoi cet homme armé s'est-il rendu aussi facilement à ce jeune garçon ? Le commandant demande à l'hôtesse de l'accompagner pour discuter avec Clément, il lui dit :

- Bravo mon garçon, comment as-tu fait ça ?

- Je ne suis plus un enfant comme les autres, je suis l'élu, celui des milairiens.

- Des quoi ?

- Des habitants de Milaire, autre planète, autre galaxie...

- J'aimerais bien encore avoir ton âge et croire à ces histoires-là, allez mon garçon, bonnes vacances et amuses-toi bien, tu es un héros.

Le commandant appelle la base pour les informer qu'il détient un dangereux criminel recherché par interpole depuis plus de deux ans. Il précise que celui-ci ne sait plus qui il est, d'où il vient, qu'il est totalement amnésique. On lui répond que les forces de l'ordre seront là ainsi qu'un service de psychiatrie. Quelques heures plus tard l'avion atterrit au Québec. Une chaîne de télévision est présente ainsi que la radio locale et de nombreux journalistes.

En avant, les forces de l'ordre sont prêtes à intervenir.

Tout le monde descend dans le calme et deux policiers arrêtent l'individu et le menottent. Il crie :

- Mais arrêtez ! Je n'ai rien fait, je suis un honnête homme sauf que je ne sais pas qui je suis !

- Arrêtes un peu ton cinéma Alchini, cette fois-ci tu n'échapperas pas à la justice !

- Mais je vous assure ! Il y a une erreur, vous vous trompez de personne, c'est inadmissible !

- Tu essayeras ton petit numéro avec les jurés, peut-être qu'ils te croiront, allez avances et tais-toi !

Tous les médias interrogent le commandant, l'hôtesse et quelques passagers. Ils apprennent que l'homme a rendu son arme à Clément et que sa mémoire a immédiatement disparu.

L'hôtesse ajoute que les yeux du garçon étaient curieusement devenus rouges pendant un instant. Une journaliste rejoint l'enfant et l'interroge :

- Bonjour mon garçon, peux-tu m'expliquer comment tu as fait pour arrêter ce malfaiteur ? Pourquoi a t-il perdu la mémoire ? On raconte que tu as eu les yeux rouges, expliques-moi qui tu es ? Viens-tu de la planète Milaire ? Combien êtes-vous sur Terre ?

Pris de panique par rapport à toutes ces questions il la foudroie du regard avec une volonté d'oubli. Il est enfin tranquille et rejoint sa famille. Léon a loué une voiture et ils partent à l'hôtel de Boucherville situé non loin du lac Saint-Jean. Ils sont heureux. Delphine et Clément sont au bord du lac avec quelques accessoires de plage. Tandis que Delphine joue avec des enfants de la région, Clément rencontre Camille Dublin, une fille de douze ans qui est en vacances et loge à quelques kilomètres de là. Elle a de longs cheveux roux et des yeux verts qui ne laissent pas Clément indifférent ! Il lui demande où elle habite et il reste bouche-bée, il n'en revient pas, elle habite à quelques kilomètres de ses parents, à Trugnace, et il ne l'avait jamais remarqué auparavant. Elle est au collège de Lustangelle et ils ne s'étaient jamais vus. Il lui dit qu'il habite non loin de chez elle et très vite une amitié se noue entre eux. Ils s'amusent tous les deux et s'arrangent pour se retrouver très souvent ensemble, notamment sur le lac. Ils se sentent très heureux à chaque rencontre. Les jours se passent dans ce climat amoureux et ils se promettent de se revoir, d'autant plus qu'ils habitent à proximité l'un de l'autre ! Comme ses sentiments le mettent en confiance, il lui raconte l'histoire de ce criminel dans l'avion qui a été placé en psychiatrie d'après les informations télévisées, bien sur il n'avoue pas qu'il est différent ! Les vacances sont terminées, Delphine s'est faite de nombreuses copines qu'elle va quitter le cœur gros, Clément est plus serein. Camille repart dans une semaine et ils pourront se revoir régulièrement. D'ailleurs, ils se sont donnés leurs adresses et téléphones car leurs sentiments semblent profonds.

La famille Carnot est prête pour le retour, ils prennent l'avion pour Lustangelle puis récupèrent leur voiture et repartent chez eux.

Sitôt arrivés, les parents rangent les affaires avec Delphine tandis que Clément s'empare du téléphone et appelle Camille à son hôtel. Augustine le surprend et lui dit :

- Tu sais combien ça coûte le téléphone ? Qui voulais-tu appeler ?
- Ma copine Camille pour avoir de ses nouvelles.
- Reposes le téléphone et vas ranger tes affaires !
- Oui maman, j'y vais.

A peine arrivé dans sa chambre il reçoit un message télépathique d'Harnabus. Une bonne nouvelle, l'air de Milaire ainsi que son sol se dépolluent naturellement. Les scientifiques font tout pour accélérer le processus, l'air sera bientôt respirable et les cultures de Jouverlatus pourront reprendre. Il répond au patriarche par l'esprit : « Je suis heureux d'apprendre que votre planète sera à nouveau habitable. Quant à moi, mes vacances se sont très bien passées. J'ai rencontré Camille qui a douze ans et on ne peut plus se passer l'un de l'autre. Le problème c'est que dans dix ans elle en aura vingt-deux et moi dix ans plus deux mois. Pourrais-tu me faire une faveur ? ».

Harnabus lui dit de fermer à clef la porte de sa chambre, qu'il va arriver. En quelques secondes la téléportation est faite.

Harnabus lui dit :

- Avant tout prend ces doses de Jouventum, je t'en ai mis pour une semaine. En ce qui concerne ta copine j'ai besoin d'y réfléchir.
- Comprends-moi, j'aimerais qu'elle devienne la femme de ma vie, ce ne sera plus possible si elle vieillit normalement.
- Et comment ça va aller pour mes parents, les voisins, à l'école... Ils vont se poser un tas de questions !

- Écoutes Clément, tu es notre élu parce que Talimar l'a décidé.
Il m'avait demandé de choisir un jeune terrien et d'expérimenter le
jouventum sur lui, et voilà, je t'ai choisi.
- Alors si c'est une expérience, réfléchis Harnabus, avec Camille
vous auriez un homme et une femme qui pourraient se reproduire.
- C'est un argument auquel Talimar n'avait pas pensé, je te
donnerai ma réponse dans quelques jours. A ma dernière visite sur
Milaire, j'ai appris par notre équipe de scientifiques que la race
humaine sera éradiquée dans moins de cent ans ! Une activité
anormale du magma va fendre la croûte terrestre et provoquer
d'innombrables séismes et tremblements de terre, désolé de te
l'apprendre. Nous avons prévu pour le futur de prélever des
cellules ADN de votre espèce et nous repeuplerons la Terre quand
la vie y sera possible à nouveau.
- Tout le monde va mourir ?
- Je ne sais pas, mais pas toi car tu seras avec nous. A bientôt, je te
donnerai ma réponse pour la fille.
Les jours se passent, Camille est de retour à Trugnace et téléphone
pour avertir qu'elle est rentrée. Clément prend son vélo et se hâte
de retrouver la jeune fille. Il lui propose une ballade en forêt.
Elle accepte et il la conduit jusqu'à la cabane. Allongés ils se
regardent avec tendresse. En très peu de temps Clément en vient
aux confidences, il lui apprend tout sur les milairiens et sur
l'avenir de la Terre. Camille reste stupéfaite, elle a du mal à le
croire. Pour lui démontrer qu'il dit la vérité, il appelle Harnabus
d'urgence par télépathie. En une seconde il apparaît dans la cabane
sous sa forme humaine.
- Pourquoi m'appelles-tu ? Qu'y a t-il de grave et d'urgent ?
- Voilà, je te présente Camille. Je lui ai révélé tous nos secrets et
comme elle a du mal à me croire, voudrais-tu te transformer en
milairien ?
Camille intervient :
- Mais c'est qui et d'où sort-il ?
Clément lui répond :

- N'aies pas peur, mais puisque tu ne veux pas me croire, si
Harnabus est d'accord, il va te montrer qui il est vraiment !
Puis en s'adressant au milairien :
- Allez Harnabus s'il te plaît, fais-le pour moi, au pire on peut lui
faire oublier !
Il accepte et se transforme aussitôt. Camille hurle :
- Mais qu'est-ce que c'est ? J'ai peur Clément.
L'élu lui répond :
- N'aies pas peur, maintenant tu es obligée de me croire ! Serais-tu
d'accord pour vivre des milliers d'années avec moi chez eux ? Il
faut que tu fasses le serment de ne parler de tout ça à personne.
- Laisses-moi le temps de réfléchir. Tout ce que je viens de
connaître et de voir... tout ça m'effraie !
Harnabus reprend son apparence humaine et donne plus tôt que
prévu la réponse à Clément. Il discute avec Camille qui s'est
blottie contre le garçon et lui demande si elle veut être la
deuxième élue. Elle regarde Clément et répond quelle est d'accord.
Harnabus lui donne quelques doses de Jouventum et elle se sent
transformée. Le patriarche lui recommande de ne pas manger
autre chose que des feuilles de Jouverlatus, surtout pas de produits
de la Terre, puis il repart au camp en un éclair. Clément lui
apprend comment utiliser l'ensemble de ses nouveaux pouvoirs.
Camille éprouve des difficultés car la prise de Jouventum est trop
récente, au bout de quelques heures c'est une super Camille qui se
découvre. Elle dit à Clément :
- C'est formidable de se sentir dans cet état ! Nous sommes les
deux seuls élus tu te rends compte ? Téléportations, guérisons,
télépathie... c'est dingue quand même !
- C'est vrai qu'au début c'est déroutant mais avec le temps et
l'expérience crois-moi, tu vas aimer. Maintenant il est temps de se
quitter, en deux secondes nous serons chez nous !
- Certainement pas monsieur Clément, tu me donnes la main et
nous repartons normalement !
Ils font un bout de chemin en amoureux et se téléportent ensuite

chez eux. Un mois s'est écoulé, toutes les chaînes de télévisions diffusent ceci : « Des objets volants non identifiés ont été repérés par des radars dans le monde entier. Des hélicoptères de la police américaine ont survolé cette nuit certaines bases qui ont été détectées par liaisons satellites. Selon la N.A.S.A. des dizaines de pilotes américains ont eu la mémoire effacée à chaque fois qu'ils ont survolé ces zones à basses altitudes. Les Présidents de l'Amérique du nord, de Russie, de France, de Grande-Bretagne et de Chine ont mis leurs armées en alertes maximales.
Plus d'un demi million de G.I sont prêts à intervenir, la France déploie son porte-avion chargé de missiles nucléaires ainsi qu'un important arsenal de navires, de sous-marins et de troupes d'élites, les autres nations attendent le feu vert des grandes puissances. Nous vous tiendrons informés tous les quarts d'heure de l'évolution de la situation ».
Pendant ce temps-là Harnabus fait préparer une navette et se fait amener à Paris par Ortus. Ensuite, il se déplace par quelques téléportations et se retrouve sur le plateau de la télévision française, au moment des informations de vingt heures.
Toute l'équipe est surprise de cette soudaine apparition.
Le journaliste lui demande ce qu'il fait là et qui il est, il lui rappelle qu'ils sont en direct. Harnabus le fait reculer sans le toucher et s'adresse aux français ainsi qu'au monde entier, il dit :
- Gens de la Terre, nous ne sommes pas vos ennemis ! Nous souhaitons la paix et instaurer un dialogue avec vous. Si toutefois nos forces avaient à subir la moindre perte, nous serions obligés de riposter avec des armes dont vous ne soupçonnez pas la capacité de destruction. Je donne rendez-vous aux principaux chefs de votre planète sur un endroit neutre que je vous communiquerai ultérieurement ». Il disparaît immédiatement.
Des excuses sont présentées aux téléspectateurs et les informations reprennent. La panique est partout, dans les rues, dans toutes les villes.
Les radios sont submergées d'appels ainsi que tous les médias.

Dans les journaux le lendemain matin, on lit que Washington,
Moscou et Paris se sont concertés en urgence.
Des moyens encore tenus secrets auraient été mis en œuvre pour
éviter la confrontation. Le patriarche émet un message urgent à
Clément et Camille et leur demande de le rejoindre au camp.
En un rien de temps ils sont à ses côtés. Harnabus leur dit :
- Tout comme moi, vous savez ce qu'il se passe en ce moment et
j'ai besoin de votre aide. Vous vous rendrez au palais de l'Élysée.
Vous ferez savoir que j'attends demain à neuf heures les trois plus
grands chefs d'états dans notre camp pour sceller un pacte de paix.
Ne parlez en aucun cas de ce que vous êtes ! Acceptez-vous cette
mission pacifique ?
Les deux élus sont d'accord et une navette les conduit directement
à Paris dans un coin discret. Ils se rendent en taxi jusqu'à l'Élysée.
Prés de l'entrée, un des gardes les interrogent sur leurs présences
et leur demande de partir. Clément lui répond :
- Nous sommes les messagers des extra-terrestres, nous devons
parler au Président en tête à tête.
- Allez les jeunes, allez jouer plus loin !
Camille et Clément voient qu'il n'est pas possible d'entrer
normalement et se téléportent directement dans le bureau du chef
d'état. Les six gardes se regardent mutuellement et se demandent
où ils sont passés. Le Président sursaute et bondit de son siège en
voyant apparaître face à lui deux enfants. Tellement surpris il
appuie du pied sur l'alarme et deux gardes arrivent aussitôt.
Il questionne les militaires sur la présence de ces intrus et ils ne
savent pas quoi répondre. Il leur ordonne de les faire sortir
immédiatement mais Clément se rebelle et dit à voix haute :
- Monsieur le Président, nous sommes là pour vous transmettre un
message des milairiens.
Le chef d'état renvoie les gardes, il s'installe à nouveau dans son
siège et demande aux jeunes gens de s'expliquer. Les élus lui font
connaître le message d'Harnabus.
Le président est convaincu et note la date et l'heure du rendez-

vous. Il veut remercier les élus mais ils disparaissent sous ses yeux ébahis. Ils se sont téléportés dans la navette pour regagner le camp. Harnabus les félicite pour leur action courageuse.
Le Président s'enferme puis saisit le téléphone rouge.
Il appelle Washington et Moscou et les informe des événements. Ils se mettent en accord pour ce rendez-vous à condition qu'une escorte assure leur sécurité en cas de problème. Cette rencontre restera top secrète pour le moment. Comme convenu, le lendemain mâtin vers neuf heures les chefs d'états sont devant le camp. Harnabus sort et ordonne aux forces spéciales de s'éloigner. Les invités entrent dans le camp. Ils sont conduits chez le patriarche, la discussion peut commencer. Le milairien explique la raison de leur présence sur Terre. Il précise que le temps rendra à nouveau possible la vie sur Milaire. Il demande donc un délai d'un mois avant de repartir, il ne désire pas qu'il y ait un conflit.
Les trois chefs d'états se concertent avant de donner une réponse.
Un instant plus tard le Président des États-Unis d'Amérique prend la parole au nom de tous :
- D'abord, nous aimerions savoir comment vous appeler.
Il se présente comme le plus haut responsable des siens et lui donne son identité. Le chef d'état reprend :
- Monsieur Harnabus, après réflexion et dans l'intérêt de toutes les parties, nous vous accordons le délai d'un mois à compter de ce jour. Nous imposerons cette décision à tous les pays de notre planète.
Le chef d'état français lui pose une question :
- Toutes ces plantes que nos satellites ont détecté sont donc votre seul moyen de survie ?
- Oui monsieur, en repartant il n'en restera plus une seule trace.
Au nom de tous les milairiens je vous remercie pour votre compréhension, je vous raccompagne dans un esprit de paix.
A treize heures, heure de Paris, les journaux télévisés diffusent un flash spécial et annoncent qu'un accord a été conclu entre les terriens et les milairiens. Le Président passe à l'antenne en direct

et rassure les citoyens, la guerre a été évitée. Il ajoute qu'ils vont quitter notre Terre dans peu de temps. Harnabus donne l'ordre à ses équipes de collecter le maximum de graines de Jouvaires et de les stocker dans un entrepôt sur Milaire. Le mois s'est écoulé, le sol terrien a été nettoyé en profondeur et tous les milairiens sont rentrés chez eux. Les journalistes ont photographié le départ des vaisseaux extra-terrestres et les images sont transmises sur tous les écrans. Les téléspectateurs sont rassurés par les chefs d'états qui confirment le retour définitif de ces visiteurs. Sur Milaire c'est la joie, ils se retrouvent enfin à l'air libre, la culture de Jouverlatus est intensive, des bâtiments se construisent un peu partout.
Avant de partir, Harnabus a fait savoir aux deux élus qu'ils se reverrons dans peu de temps, il leur a donné assez de Jouventum pour tenir trois mois. Camille et Clément sont tristes et ressentent un profond vide en eux. Plusieurs semaines se passent et Clément décide de présenter Camille à ses parents. Ils sont toujours aussi inséparables. D'ailleurs, quand ils sont en récréations, ils utilisent la téléportation et se rejoignent discrètement en amoureux.
Un soir, chez les familles Carnot et Dublin, c'est la panique !
Les parents se téléphonent pour savoir où sont leurs enfants, ils sont introuvables. Avec des amis ils se mettent à leur recherche aussi bien en ville que dans la forêt. La gendarmerie est prévenue et aussitôt des équipent se joignent à leurs efforts mais c'est en vain, aucune trace de Clément et de Camille. Les médias publient et diffusent leurs portraits à l'échelle nationale mais une semaine plus tard, il n'y a toujours aucun résultat, les parents s'imaginent le pire. Des mois passent et les recherches sont arrêtées, ils restent portés disparus. Les parents et les grand-parents sont anéantis !
Leur vie n'est pas facile mais avec le temps leurs blessures s'atténuent. Clément et Camille sont désormais sur Milaire par décision du patriarche. Les élus sont heureux, ils vivent comme leurs amis mais leurs familles leur manquent profondément, ils demandent à Harnabus s'ils peuvent revoir leurs proches mais il refuse. Il leur dit qu'en qualité d'élus ils doivent apprendre à vivre

comme eux, que de toutes façons chaque journée passée sur Milaire équivaut à cinquante jours sur Terre. Au bout de deux ans, Clément est âgé de douze ans et Camille de quatorze.

Sur Terre, nous sommes en 2085, les parents des élus sont morts depuis une cinquantaine d'années. Delphine est décédée depuis dix-sept ans à l'âge de quatre-vingt onze ans, elle ne s'est jamais mariée et n'a eu aucune descendance. Le 13 avril 2085, le magma est soumis à des perturbations qui provoquent plusieurs milliers de tremblements de terre spontanément. Il ne faut que quelques heures pour que la plupart des êtres humains soient disparus de la planète. L'air est irrespirable, le ciel est voilé par des nuages de poussières, c'est une longue nuit qui durera plusieurs années.

En 2103 le temps a fait son œuvre, la végétation est revenue sur Terre, certaines espèces ont été épargnées. En 2385, le patriarche amène les deux élus sur Terre, ils ont désormais dix-huit et vingt ans. Une navette se détache du vaisseau et atterrit sur une clairière. Ils sortent et constatent que la Terre est totalement différente, faite de montagnes et de forêts. Les animaux qui ont été épargnés se sont multipliés. Harnabus leur fait remarquer que s'ils avaient évolué normalement sur Terre, ils auraient plus de quatre cent ans. Maintenant, plus de Jouventum, ils vont devoir repeupler la planète et vieillir normalement. Camille proteste et dit au patriarche qu'il les condamne à une mort certaine dans quelques années. Elle ajoute :

- C'est trop injuste, vous étiez notre seule famille sur Milaire et maintenant nous allons être les deux seuls habitants d'une planète sauvage.

Il lui répond :

- J'ai accepté que tu sois la deuxième élue pour faire plaisir à Clément qui t'aimait. N'oublies-pas que c'est grâce à cette décision que tu es encore en vie aujourd'hui, tu as plus de quatre siècles, tu es restée jeune et une nouvelle vie t'attend, tu devrais me remercier au lieu de me critiquer.

- Je comprends et je te remercie Harnabus, j'espère que nous nous reverrons car tu es notre ami.

- Je l'espère aussi Camille, j'enverrai des équipes contrôler l'état de la planète et son évolution.

Clément remercie son ami et lui demande s'ils peuvent avoir de quoi se nourrir ainsi qu'un abri. Le patriarche les emmène à quelques centaines de kilomètres, juste à l'endroit où se trouvait Trugnace. Il les conduit dans une sorte de chalet où il y a des photographies de leurs ancêtres, une table, des chaises et du matériel de chasse et de pêche. Ils devront affronter cette nouvelle vie par leurs propres moyens. Ils se font des adieux chaleureux, une grande tristesse au fond du cœur. Ils regardent le vaisseau qui part très rapidement. Le jeune homme s'adresse à Camille :

- Nous voilà bien seuls ! Après plusieurs années passées sur Milaire, on va devoir se débrouiller. La surprise, c'est que j'ai subtilisé trois graines de Jouverlatus et dans quatre jours nous aurons des Jouvaires, il ne restera qu'à les faire sécher et les réduire en poudre. Nous sommes ici pour au moins trois milliers d'années tu sais.

- Mais c'est génial ! Comment as-tu fait avec la fouille ?

- J'ai dissimulé ces graines dans mes cheveux, maintenant il ne nous reste plus qu'à chercher un terrain pour les planter. Il faut fabriquer une clôture pour protéger les jeunes pousses des animaux. Pendant quatre à cinq jours il nous faut chasser ou pêcher, commençons maintenant si tu veux.

- D'accord mon chéri, nous créons notre potager puis nous irons ensemble chercher de la nourriture. J'ai hâte de reconnaître le goût des aliments de la Terre, il y a tant de siècles que je n'en ai pas mangé, je suis impatiente.

- Moi aussi, allons-y !

Dans le chalet ils prennent un fusil et quelques cartouches et s'enfoncent dans la forêt. Clément fait signe de silence à sa compagne et épaule son arme, il y a trois lapins prés d'une clairière, il tire et le jet de plombs en touche deux.

Il ramasse ses proies et ils retournent dans le chalet.

Camille qui n'a jamais fait ça apprend à dépiauter les lapins puis à les découper et les faire cuire. Pendant ce temps-là Clément cherche à allumer le feu. Il rassemble des brindilles de foin qu'il place dans un trou entouré de petites pierres. Ensuite il met du petit bois et d'autres morceaux plus gros. Avec les allumettes trouvées dans le chalet le feu est allumé. Clément reste à côté pour l'entretenir et attend les premières braises. Camille dépose les bêtes et deux heures après ils s'apprêtent à manger leurs premiers morceaux de viande depuis bien longtemps. Un repas sans herbes, sans sauce et sans sel mais ils se régalent. Comme ils n'ont pas eu de Jouventum ils doivent manger normalement, ce n'est que quelques jours plus tard que les Joulervatus donnent leurs premiers fruits, Camille accélère le séchage des Jouvaires prés du feu que Clément entretient jours et nuits. Une semaine après leur arrivée ils peuvent prendre à nouveau de la poudre de Jouventum de fabrication artisanale. Ils reprennent des repas à la milairienne, des feuilles séchées de la plante. La vie est très dure, la solitude pèse, quatre années se passent dans une existence d'adaptation et de reconstruction. Un jour ils voient débarquer Harnabus qui leur fait une visite surprise, ils se réjouissent de ces retrouvailles.
Le patriarche leur dit :
- Je ne pensais pas revenir mais je dois vous annoncer une information importante. En 2085 nos vaisseaux de surveillance ont découvert la présence de survivants sur votre planète, selon nos estimations ils seraient à peu prés cinquante mille. Attendez-vous un jour à les croiser, j'espère qu'ils sont pacifiques.
Clément répond au patriarche :
- Je suis heureux d'apprendre qu'il y a d'autres humains que nous sur Terre, merci d'avoir fait le voyage pour nous en avertir.
- C'est normal vous êtes les élus, maintenant je dois partir rejoindre les miens, bon courage mes amis.
Harnabus est reparti, les mois passent, Camille qui était enceinte accouche d'une fille qu'ils appellent Élise.
C'est une petite blondinette aux yeux bleus que sa mère nourrit au

lait maternel. Elle grandit dans l'amour de ses parents qui ont décidé qu'elle ne recevrait du Jouventum qu'à partir de vingt ans. Elle marche à quatorze mois et parle correctement vers l'âge de trois ans. Son père lui apprend la pêche et la chasse, sa mère la cuisine bien qu'elle ne voit jamais ses parents se nourrir.

Les années passent, Élise a maintenant vingt ans, ses parents lui expliquent tout sur leur vie. Tout comme ils l'ont fait, elle arrête les repas traditionnels qu'elle remplace par des feuilles de Jouverlatus et prend du Jouventum pour vieillir cinquante fois moins rapidement. Elle comprend mieux l'apparence d'éternelle jeunesse de Clément et Camille. Un jour dans une clairière, Clément rencontre pour la première fois un groupe de dix personnes qui s'installe dans le même coin. Il s'avance avec prudence vers l'une d'entre elles et tente un dialogue, il dit :

- N'ayez pas peur madame, je suis comme vous, comprenez-vous ce que je vous dis, parlez-vous français ?

- Oui, je parle le français et je me sens rassurée, vous m'avez l'air sympathique. D'où venez-vous ?

- Nous nous sommes installés à une dizaines de kilomètres d'ici. Vous prenez la direction nord-est, c'est toujours tout droit, vous ne pouvez pas nous manquer.

- Pourquoi nous ? Combien êtes-vous ?

- Nous sommes trois, ma femme, moi et ma fille, et vous ?

- Nous sommes un groupe de cinq couples et il y a déjà onze enfants dans notre petite communauté. A l'occasion, nous pourrions nous revoir, d'ailleurs accompagnez-moi, je vais vous montrer où nous sommes, c'est à cinq minutes à pieds.

- A pieds ? Pourquoi, vous vous déplacer autrement ?

- Oui heureusement, nous avons dressés deux chevaux et les hommes ont bricolé une chariote en bois, c'est plus pratique.

Ils se mettent en route et arrivent rapidement au camp.

Les neuf autres adultes viennent faire connaissance, heureux de connaître ce nouveau venu.

Clément apprécie cet accueil chaleureux. On lui propose des

sortes de biscuits et un alcool, il refuse poliment et ne demande qu'un peu d'eau que l'on lui verse dans une tasse de bois.
Ils lui promettent de venir leur rendre visite dés qu'ils le pourront. Clément les remercie et quitte le campement, il marche un kilomètre et se téléporte chez lui. Il apprend à sa famille sa rencontre avec ces gens qui viendront les voir prochainement. D'ailleurs quelques jours plus tard ils reçoivent deux couples et leurs trois enfants, Camille et Élise en sont ravies.
Pendant plusieurs heures ils discutent agréablement de leurs modes de vie, leurs loisirs.... Clément propose aux deux hommes d'aller chasser en forêt quelques jours plus tard, ils acceptent avec plaisir. Après quelques heures de discussions sur divers sujets les invités repartent chez eux.
Élise qui a déjà vingt ans s'éloigne de plus en plus de sa famille pour se balader dans la nature. Lors d'une promenade elle entend du bruit, elle se cache et peut ainsi apercevoir un être étrange qui est très grand, elle a peur et bouge plus. Dés qu'il s'est éloigné elle s'enfuit immédiatement par téléportation. Arrivée chez elle, sa mère remarque qu'elle est pale, elle lui demande ce qu'il lui arrive.
- Maman, j'ai vu une sorte de monstre qui avalait de la viande crue et qui mangeait comme un ogre !
- Tu es sure de ce que tu dis ?
- Je t'assure, je ne te mens pas.
- Ce n'est pas que je ne te crois pas, bien au contraire mais par sécurité je vais prévenir ton père, il ira voir dans la forêt. Pourquoi tu n'as pas utilisé tes pouvoirs ?
- J'avais trop peur pour me concentrer à ce moment là.
Camille informe Clément, il se téléporte aussitôt jusqu'à la forêt mais ne remarque rien de particulier. Il revient chez lui et avec sa femme ils s'interrogent. L'élu pense que sa fille lui dit la vérité, il se souvient qu'il n'avait pas été pris au sérieux dans son enfance quand il avait parlé à son grand-père d'êtres étranges.
Deux jours plus tard il rencontre des éleveurs de la communauté qui se plaignent de la disparition de plusieurs bêtes.

Une réunion est prévue ce soir là et Clément vient d'être invité.
Quelques heures plus tard, les hommes se trouvent réunis dans un
hangar. Ils prévoient de faire des battues sur plusieurs kilomètres
tout autour du lieu-dit. Le lendemain dés l'aurore, les voilà partis
armés de gourdins et de filets qu'ils utilisent habituellement pour
la pêche. Ils avancent méticuleusement en partant de points
opposés et finissent par se retrouver sans aucune prise !
Au troisième jour de battue leurs efforts sont récompensés.
Ils font une prise au filet et repartent au camp avec leur proie.
On dirait un être humain d'un autre temps. Ils se demandent ce
qu'ils vont faire de lui. Il n'a pas l'air agressif mais ils l'attachent
par précaution et se mettent à l'écart pour définir de son sort.
Clément se propose pour mener les interrogatoires. Les villageois
remercient l'élu et lui rappellent que la chasse en forêt aura lieu le
lendemain vers six heures. Clément revient dans la grange et, à
l'abri des regards, il se concentre. Comme les fois précédentes ses
yeux deviennent rouges et il pénètre l'esprit de cet être, il réalise
qu'il s'agit d'un homme qui a été malheureux dans le passé et qui
semble avoir vécu en ermite pendant longtemps.
Il pose la main sur son épaule et lui demande comment il
s'appelle, celui-ci lui répond :
- Je m'appelle Marc Dupont, j'ai vingt-cinq ans, mes parents sont
morts dans l'incendie de notre maison. Tout a brûlé et depuis, je
vis seul dans la nature, je me nourris de petits animaux, je me
débrouille mais ce mode de vie n'est pas facile.
- Si tu veux je peux t'aider à vivre mieux, tu peux venir quelques
temps chez moi, je vais demander l'avis de Camille et je reviens.
En quelques secondes Clément se retrouve prés de Camille et lui
explique tout. Elle est d'accord pour héberger Marc, Clément
retourne dans le lieu-dit. Il discute avec les familles et leur fait
savoir qu'il habitera chez lui. Marc et Clément font la route à
pieds, Camille et Élise le reçoivent avec prudence. L'élu demande
à sa femme de lui préparer un bon repas à base de viande.
Il lui montre sa chambre, il n'a pas dormi dans un lit depuis le

décès de ses parents, il est très heureux. Deux heures après Camille annonce que le repas est prêt. A table Marc attaque un faisan avec les mains, il n'est plus habitué aux bonnes manières depuis des années. Il se confie :

- Mes amis, je n'ai plus beaucoup de temps à vivre, je le sens bien, les forces m'abandonnent, les douleurs me parcourent le corps de plus en plus, aucune des plantes essayées n'ont donné de résultat, je pense que je ne vous dérangerai pas pendant bien longtemps. C'est dur de s'éteindre lentement dans les souffrances.

Clément lui répond :

- Marc, ta maladie est grave car ce sont les symptômes de la leucémie que tu nous as décrit. Tiens mon grand, manges ces feuilles, elles te feront du bien.

- Non merci, à côté de ce bon faisan... ou alors je vous fais plaisir d'en prendre quelques unes mais je termine aussi ce gibier.

- Pas de problème, régales-toi.

Après le repas ils discutent un peu puis Marc qui est fatigué par la maladie va se coucher. Clément s'entretient avec Camille au propos de Marc. Ils se mettent d'accord, ils vont le sauver.

Le lendemain Clément se lève à cinq heures et se prépare pour la chasse. Il va réveiller son nouvel ami et lui demande s'il veut venir. Marc refuse car il se sent épuisé. Clément lui donne alors du Jouventum et lui explique que c'est de l'extrait de fruits aux propriétés médicales étonnantes. Marc mélange cette poudre avec de l'eau et avale le produit. Dix minutes plus tard ils partent en direction du village. Au bout d'une demie heure Clément lui demande comment il va, il lui répond :

- Je ne sais pas si c'est ta poudre de tout à l'heure mais je n'ai plus aucune douleur, je me sens en pleine forme, c'est incroyable.

- Je t'expliquerai au retour.

Arrivés dans le village les sept hommes se mettent en route. Marc observe les autres puis fait bande à part. Il ne chasse ni avec un fusil ni avec des filets.

Il se met aux aguets, en peu de temps il attrape deux lapins puis il

assomme une biche à l'aide d'un gourdin. Dans l'après-midi ils se rejoignent, l'équipe a fait trois lapins et deux faisans. Marc qui a retrouvé une pêche d'enfer a deux lapins attachés à la ceinture et porte sur les épaules une biche de belle taille. En entrant dans le village il est applaudi par les femmes et les enfants, il se sent utile et rayonne de joie. Il offre la biche aux villageois qui lui en découpent un morceau par principe puis il prend ses deux lapins et repart avec son ami. En chemin Clément lui explique qu'il n'est pas le seul à être différent et il lui dévoile tous leurs secrets.
S'il veut vivre très longtemps il devra vivre comme les Carnots. Marc demande à son ami de pouvoir manger ces viandes de biche et de lapins avant de se mettre aux feuilles de Jouverlatus et au Jouventum. Bien entendu, il fait vœu de silence absolu sur le secret. Il se sent complètement guéri et il est redevenu le solide gaillard qu'il était. Il participe à la plantation et apprend à fabriquer du Jouventum à partir des Jouvaires. Marc entreprend la construction de son propre chalet pour avoir plus d'indépendance. Clément l'aide pour bâtir cette maison de bois qui se situe à quelques centaines de mètres de chez lui. Ils travaillent sans relâche et en quelques semaines la demeure est terminée.
Ils installent le mobilier en bois qu'ils ont fabriqué. Élise se sent seule et va souvent chez Marc, il se crée un solide lien d'amitié. Elle prévient ses parents qu'ils vont aller dans d'autres coins de la planète, ils partirons par téléportations, par bonds de sept kilomètres. Élise prépare une réserve de Jouventum tandis que Marc qui est solide se charge de porter un grand sac de feuilles de Jouverlatus. Ça y est, les voilà partis pour l'aventure.
Au bout d'une demie heure, ils se retrouvent face à un immense lac. Ils observent des canards et des oies sauvages, le paysage est magnifique. Ils sont fatigués et s'arrêtent pour dévorer quelques feuilles de Jouverlatus. Tout à coup, des voix se font entendre juste derrière eux, ce sont des enfants qui s'amusent.
Élise et son ami s'approchent et leur demandent où ils habitent. Un des enfants hésite avant de lui répondre :

- Venez avec nous, nous allons vous faire voir notre ville... au fait, d' où venez-vous étrangers ?

Élise lui explique en le tutoyant qu'ils habitent à plus de deux milles kilomètres de là, que chez eux il n'y a que de la forêt et très peu d' habitants. Ils suivent les enfants et marchent une demie heure avant d'arriver à l'entrée de la ville, ils s'aperçoivent que la vie est plus civilisée dans cette région. Par exemple, il y a des routes pavées et à leur grande surprise ils sont étonnés de voir de nombreuses constructions faites de pierres. Arrivés dans cette communauté ils en font le tour et voient des petits magasins, ils sont éblouis. Julien qui a douze ans les invite à rencontrer ses parents. Il les informe qu'ils sont tous bilingues, qu'ils parlent aussi bien le français que l'allemand. Ils sont bien accueillis par Julie et Arnaud qui leur proposent un rafraîchissement, ils acceptent un verre d'eau. Au cours de la discussion Julie leur fait part de faits étranges qui se produisent depuis quelques années, des vaisseaux ont été aperçus dans le ciel, surtout la nuit.

Arnaud prend la parole et leur dit :

- Je vois que vous êtes intéresses par les faits insolites, si vous le voulez je vais faire voir quelque chose qui va vous plaire dans ce domaine. Suivez-moi, c'est juste à côté, dans une grange.

Ils acceptent et arrivent bientôt sur les lieux, ils sont stupéfaits.

Il y a une navette spatiale détériorée. Arnaud leur précise qu'il y avait un être à l'intérieur qui était mort quand ils ont trouvé l'engin au sol. L'extraterrestre était très grand, avait une tête allongée, de longues oreilles et quatre doigts à chaque main, ils l'ont enterré.

Élise et Marc se rappellent de la description que Clément avait fait sur les milairiens, ils comprennent tout de suite mais ne disent rien. Ils demandent s'ils peuvent visiter l'intérieur. Comme Arnaud n'y voit pas d'inconvénient ils grimpent dans le vaisseau et voient des pièces circulaires avec des sortes de tableaux de bord.

Ils ne s'attardent pas et prétextent qu'ils repartent à l'aventure.

En réalité, Élise et Marc retournent directement chez Clément et Camille, trente minutes leur suffisent pour être auprès d'eux.

Clément leur dit :

- Déjà de retour, je vous pensais partis pour plusieurs semaines.

Élise répond à son père :

- Papa c'est important, à deux mille kilomètres d'ici, peut-être un peu plus, nous avons rencontré des villageois qui nous ont montré un vaisseau spatial. Ils nous ont décrit l'être qui était à l'intérieur, il ressemble exactement aux milairiens que tu nous as décrit, évidement nous n'avons rien dit. Papa il faudrait que tu te rendes là-bas. Cet engin fonctionne peut-être encore et si c'est le cas tu pourrais tenter de joindre tes amis !

Clément trouve que c'est une bonne idée. La nuit venue, après avoir demandé à Marc qu'il lui serve de guide, ils se rendent dans la grange et se faufilent discrètement dans l'appareil. Comme l'élu a déjà voyagé avec Harnabus, il inspecte l'état de l'engin et constate qu'il est encore fonctionnel. Un homme arrive soudainement dans la grange et les surprend. Il leur dit :

- Qu'est-ce que vous faites ici et qui êtes-vous ? Descendez de là !

Clément se concentre, l'homme oublie leur présence et s'en va. Clément fait appel à ses souvenirs et après plusieurs tentatives, il parvient à faire décoller l'appareil qui déchire la toiture de la grange. Il réussit à diriger l'appareil à vive allure jusqu'à chez lui. Marc est impressionné de voyager dans un vaisseau spatial.

Au moment où ils s'apprêtent à descendre, un son aigu attire l'attention de Clément. Il s'agit du transmetteur spatio-temporel qui signale un message de Milaire. L'élu écoute celui-ci qui s'adresse à Carnus dont ils n'ont plus de nouvelles. Il répond à cet appel :

- Carnus a eu un accident, il est mort. Je suis Clément, élu par votre peuple, je souhaite parler à Harnabus.

- Attendez un peu Clément, je vais informer notre patriarche de votre demande.

Quelques instants plus tard Harnabus est en liaison.

- Clément ! Qu'est-ce qui se passe ? Et comment se fait-il que tu sois dans cette navette ?

- C'est ma fille Élise qui a trouvé le vaisseau dans un village, j'y suis allé et j'ai réussi à amener la navette chez moi. Carnus est mort et les terriens l'ont enterré. Est-ce que je peux conserver votre vaisseau ? Il me permettrait de voyager sur toute la planète beaucoup plus rapidement.
- Entendu, tu peux le garder et t'en servir, ainsi nous pourrons communiquer de temps en temps mon ami.
- C'est très gentil de ta part Harnabus. Pourquoi ne viens-tu pas nous voir avec un vaisseau-mère ?
- Non Clément, ce n'est pas possible, j'ai trop à faire en ce moment, je suis responsable de tout ce qui se passe sur Milaire.
- Bon je n'insiste pas, je te donnerai de mes nouvelles.
Clément est heureux, il propose à Camille, à Élise et à Marc de faire un voyage au dessus de la planète. Ils prennent de quoi manger, du Jouventum et de l'eau puis montent dans l'appareil.
A grande vitesse, l'engin déchire le ciel et en très peu de temps ils se trouvent déjà au dessus des états-unis d'Amérique. Clément fait ralentir l'appareil et se dirige plus lentement pour poser la navette en Caroline du Nord, sur une colline du mont Mitchel.
Il n'y a pas une âme qui vive, ils descendent et marchent pendant plus d'une heure en empruntant des sentiers de montagne.
A un moment donné, ils aperçoivent un passage et, poussés par la curiosité, ils entrent. Le long des parois il y a des torches, ils en prennent et parcourent au moins cent cinquante mètres de tunnel avant de déboucher sur un immense cimetière. Camille dit :
- Où sommes-nous ? Pourquoi y a t-il un cimetière dans les entrailles d'une montagne ?
Élise lui répond :
- Comment le saurions-nous maman ?
Clément appelle à une concentration commune pour essayer de ressentir la présence d'êtres vivants. Ils sont soudain envahis d'une drôle de sensation et voient par l'esprit des êtres qui n'ont pas l'air humains, qui ont des visages déformés et monstrueux.
Clément qui est le plus habitué les pressent à proximité de là et

propose une téléportation hors de ce lieu. En quelques secondes ils se retrouvent dans la navette et voient sur les écrans des êtres hideux qui arrivent. Ils sont agressifs et frappent le vaisseau de grands coups de poings et de pieds. Élise presse son père à s'en aller, ce qu'il fait aussitôt. Les monstres regardent leurs proies leur échapper. L'élu survole la montagne et aperçoit de la fumée, il pose l'engin non loin de là. Ils descendent de la navette et marchent quelques centaines de mètres en direction des signaux. Ils aperçoivent finalement un groupe d'une dizaine de personnes qui se réchauffent prés d'un feu. Ils s'approchent prudemment et tentent le dialogue. Hugo qui semble être le chef leur dit :
- Partez d'ici, vous êtes sur notre territoire.
Clément lui répond :
- Nous ne vous voulons pas de mal, nous ne sommes pas vos ennemis.
- Qui êtes-vous étrangers ?
- Des voyageurs, nous visitons cette région.
- Alors vous êtes en danger, fuyez tant qu'il en est encore temps !
- Un instant, nous venons d'être agressés par des êtres monstrueux.
- Nous savons qui ils sont, ils ont détruit notre village, ont tué nos femmes et nos enfants, nous sommes les seuls survivants.
- Pourquoi ont-ils fait ça selon vous ?
- Pour se nourrir, ils sont cannibales, ils ont profité de notre absence à la chasse pour faire ce carnage. Nous avons des fusils, nous vengerons nos familles. Où sont-ils ?
- A quelques kilomètres d'ici. Prenez la direction du sud et vous trouverez une entrée dans la montagne.
- Merci. Maintenant partez, ce combat est le notre.
- Non, nous restons avec vous car nous avons des ressources que vous êtes loin d'imaginer, voulez-vous voir une démonstration de nos talents ?
Clément n'attend pas la réponse, ses yeux deviennent rouges, Hugo se sent immobilisé et s'écrie :
- Mais qu'est-ce qu'il m'arrive ? Je ne sais plus bouger !

L'élu lui dit :

- Vous me croyez maintenant ? Nous allons les chasser ensemble, restez à l'arrière, nous sommes à quatre avec les mêmes pouvoirs, nous allons les détruire ! Nous ne savions pas que ces êtres étaient des assassins sanguinaires, autrement nous aurions déjà agi.

Hugo libéré par Clément lui répond :

- Je ne sais pas qui vous êtes ni d'où vous viennent tous ces pouvoirs mais j'accepte votre proposition.

Ils partent tous ensemble à pieds en direction des cannibales.

Au bout de trois quarts d'heures ils les aperçoivent.

Comme convenu, les deux élus, leur fille et leur ami se mettent en avant. Une centaine de monstres attaquent aussitôt.

Avec une concentration maximale ils immobilisent les ennemis. Hugo et ses hommes éliminent froidement ceux qui ont tué et mangé leurs proches. Ils remercient les étrangers mais restent prudents car il reste peut-être des monstres ailleurs.

Ils sont soudainement étonnés de voir ce groupe étrange disparaître instantanément sous leurs yeux, Clément et les siens viennent de se téléporter dans la navette. Ils sont heureux d'avoir pu sauver ce groupe de survivants et repartent chez eux.

Élise demande avec insistance de repartir vers un nouvel endroit, ses parents et Marc ne demandent pas mieux que de repartir vers une nouvelle aventure. Camille pose son doigt sur le globe terrestre qui est dans le salon et dit :

- Nous irons là. Tout le monde est d'accord ?

Clément regarde l'endroit et s'aperçoit qu'il s'agit de l'ancienne Russie, il dit aussitôt :

- Tu sais quel endroit tu as choisi Camille ? En cette période de l'année il fait moins trente-cinq degrés ! Si tu y tiens vraiment il faut prévoir des vêtements chauds. Demain j'irai chasser avec Marc et nous partirons dans ce village où il y a la navette. Comme il y a des magasins dans cette ville nous essayerons de troquer notre gibier contre des peaux d'ours.

Le lendemain Marc s'illustre encore en attrapant deux biches.

Clément fait tout de même bonne chasse puisqu'il revient avec cinq lapins et quatre faisans. Ils chargent les bêtes dans la navette et partent aussitôt. A cinq cent mètres du village ils dissimulent le vaisseau et se téléportent avec le gibier. Ils entrent dans une boutique et proposent d'échanger les viandes contre quatre peaux d'ours et quatre paires de bottes fourrées. Le commerçant essaye de réclamer d'avantage mais au bout d'une heure, voyant qu'ils n'ont rien d'autre à offrir, il finit par accepter. Ils sont de retour, Camille a préparé les réserves de nourriture et de Jouventum, il ne reste plus qu'à embarquer. Élise voit les peaux de bêtes et les bottes, elle se dit qu'ils sont bien parés pour affronter le froid qui les attend. A grande vitesse il ne leur faut que quelques minutes pour arriver dans un endroit montagneux. Sur un des écrans trois sortes de diodes se mettent à clignoter puis un signal d'alerte sonore retentit. Clément se connecte avec Milaire et demande le patriarche, ils sont rapidement en communication.
- Que t'arrive t-il Clément ?
- Je me trouve dans l'ancienne Sibérie et la navette signale un danger, je ne sais pas lequel.
L'élu explique exactement l'emplacement des signaux clignotants. Harnabus lui explique :
- Tu ne crains rien dans le vaisseau mais cet appareil a détecté un taux anormalement élevé de radioactivité. N'oublies-pas que les tremblements de terre qui ont dévasté votre planète ont provoqué l'effondrement des centrales thermonucléaires, beaucoup d'endroits sont dangereux. Je te conseille de quitter ces lieux au plus vite ou en tous cas à ne pas t'exposer sans combinaison, il y en a dans la salle trois de la navette.
- Cela explique peut-être l'apparition d'êtres poilus et déformés.
- Mutations génétiques, c'est le plus probable.
- Merci Harnabus, je vais écouter tes conseils.
Clément trouve la salle trois, elle est entièrement métallique, pas d'ouverture. Par dépit il pose sa main sur le côté, ce qui déclenche un mécanisme et le panneau s'élève. Comme l'a dit le patriarche, il

y a des combinaisons, des bottes spéciales, des masques, des filtres... Ils enfilent tous les quatre une tenue et vont explorer cette zone. Finalement les peaux d'ours sont inutiles avec ces combinaisons sophistiquées qui produisent de la chaleur.
Il traversent un lac gelé et se retrouvent face à des rochers, rien de bien attrayant. De plus l'appareil de Clément s'affole, le taux de radioactivité monte en flèche, il est temps de faire marche arrière. L'élu propose la téléportation d'urgence, il dit à Camille :
- Bravo pour tes idées, on a du chasser, troquer, voyager pour se retrouver dans le froid et la radioactivité dans un coin pire que Milaire quand il était dévasté. Je plaisantais, partons ailleurs.
Camille lui répond qu'il n'a qu'à se trouver un coin chaud et agréable. Sitôt dit sitôt fait, ils rangent les protections milairiennes et survolent la planète au hasard. Élise observe le paysage sur l'écran et fait remarquer à Clément qu'ils sont à nouveau au dessus de la Sibérie. L'élu lui répond qu'il a fait le tour de la planète car il a remarqué en volant à basse altitude des centaines de clans d'hommes cannibales. Il refait plusieurs fois le tour de la Terre dans tous les sens et il est horrifié. Sans doute plusieurs centaines de milliers de ces monstres peuplent le monde contre dix fois moins d'êtres normaux. Ils retournent chez eux et discutent entre eux, ils se mettent d'accord, il faut l'aide des milairiens pour éradiquer cette race de mutants. Il contacte Harnabus et l'informe de ce fléau, il sollicite du secours. Après réflexion le patriarche décide d'envoyer l'armée milairienne sur Terre avec l'ordre de détruire l'ennemi. Ils seront quatre-vingt dix mille à quitter Milaire. Un jour leur suffit pour préparer les deux vaisseaux et trois mille navettes qui seront amenées sur Terre par groupe de dix. A une vitesse supraluminique il ne faut que quelques heures pour que la flotte soit en orbite autour de la planète, Harnabus a pris le commandement. Avec leurs pouvoirs joints aux détecteurs des vaisseaux, ils comptent en réalité une dizaine de millions de mutants. Tous les guerriers milairiens s'arment d'appareils qui propulsent des faisceaux d'antimatière. Le patriarche ordonne à

ses guerriers de se partager en petits groupes et de se répartir sur tout le globe. L'élimination des monstres se fera au sol. Tous les milairiens restent sous leurs formes extraterrestres.

L'ordre est donné, les rayons frappent des monstres en grand nombre qui disparaissent aussitôt ainsi que ce qui les entoure sous l'effet de l'antimatière. Chez les mutants c'est la panique, ils courent dans tous les sens. Certains parviennent à s'échapper par des passages, des tunnels, des grottes... Harnabus estime qu'au moins un million de ces êtres ont été exterminés. Cette première bataille a duré cinq jours, c'est une réussite. Beaucoup de monstres se vengent sur les humains, ils massacrent des familles complètes et se nourrissent de leur chair. Le patriarche est furieux et encore plus motivé à poursuivre, ses soldats iront les chercher là où ils se trouvent, dans les grottes ou ailleurs. Après avoir contacté son mentor, Clément et Marc partent le rejoindre dans le vaisseau principal. Comme ils veulent combattre, on leur remet deux armes milairiennes et ils vont attendre les ordres dans leur navette.

Très vit le feu vert est donné et ils descendent sur le terrain, la chasse reprend. Clément et Marc pénètrent dans un souterrain avec prudence. Ils se retrouvent face à plus de trois cent mutants qui commencent à charger avec leurs gourdins. Trop concentrés sur ceux-là Marc ne ressent pas la présence de quatre monstres juste derrière eux et il se fait attraper sauvagement. Le solide gaillard cent fois plus fort grâce au Jouventum dégage les agresseurs d'un revers de la main et les tue avec son arme.

Avec Clément ils suppriment la bande de cannibales en très peu de temps. Cette seconde bataille a duré plus d'une semaine.

Pour protéger la race humaine, Harnabus envoie des messagers qui ont quitté leur apparence milairienne. Ils vont à travers le monde pour prévenir du danger mortel de ces mutants.

Deux gardes armés protègent chaque clan, la guerre est loin d'être terminée ! Des attaques ont lieu régulièrement dans les villages, les mutants ont faim, ils sont exterminés par les extraterrestres.

Cette guérilla est difficile à mener et dure plus d'un an, pas moins

de soixante-douze mille terriens ont péri. Harnabus pense qu'il ne reste que très peu de monstres, peut-être deux ou trois mille pour neuf cent mille humains restants. Il laisse des armes à Clément et lui propose d'éliminer avec son ami et sa famille les monstres qui ont survécu à leurs attaques. Le petit groupe accepte cette mission. Harnabus et son armée repartent sur Milaire. Des villageois se posent des questions sur les visiteurs, leurs vaisseaux, leurs origines. Clément et les siens décident d'utiliser leurs pouvoirs pour faire oublier toute cette période de chaos. Ils partent tous les quatre en navette à travers le monde pour effacer tous ces souvenirs sanglants de la mémoire des terriens ainsi que pour exterminer les derniers mutants. Après trois mois d'efforts chaque jour, les derniers cannibales sont anéantis et la paix est revenue sur Terre. La vie reprend son cours, une fête en plein air est organisée au village. Tout le monde est présent, les gens boivent, dansent et s'amusent à toutes sortes de jeux. Marc a fabriqué un jeu de quilles ainsi qu'un jeu de boules de bois. A minuit comme le veut la tradition, le chef de clan donne le signal pour la partie de colin-maillard, puis il dépose un bandeau sur une table.
On tire au sort le premier qui aura les yeux bandés.
Il s'agit de toucher une personne, lui tâter le visage et deviner qui elle est. C'est Élise qui est désignée par le hasard pour commencer. On la fait tourner plusieurs fois sur elle-même, le jeu commence. Les yeux bandés, elle avance pas à pas et touche quelqu'un, il ne bouge plus. Elle touche le visage mais elle ignore de qui il s'agit, d'ailleurs elle connaît peu de monde. Elle utilise son pouvoir et son cœur palpite, elle sait à l'instant même qu'elle vient de rencontrer sa second moitié, il s'appelle Fabrice Gostard. Il lui enlève le bandeau et il est ébloui par cette belle créature blonde aux yeux bleus rayonnants. Il la prend par la main et lui demande :
- Comment t'appelles-tu ?
- Élise, et toi ?
- Fabrice, tu viens danser Élise ?

- Avec joie Fabrice.
Camille, le regard en coin, observe ce jeune homme main dans la
main avec sa fille. Elle les voit danser serrés l'un contre l'autre et
s'embrasser. Elle met sa main sur l'épaule de Clément et lui fait
voir le tableau, il lui répond :
- A vingt ans, c'est de son âge ! Le problème c'est qu'avec le
Jouventum, quand elle aura vingt-et un an il en aura soixante-dix.
- Oui tu as raison mon chéri, ce sera un sacré problème. On va
attendre un peu pour voir si c'est vraiment sérieux.
Vers trois heures du mâtin la fête se termine, ils repartent chez eux
sauf Élise qui veut rester avec son ami. Elle discute avec Fabrice,
explique où elle habite, ce qu'elle fait au quotidien. Il lui raconte
qu'il est charpentier avec son père au village et qu'il a rarement
l'occasion de se divertir. Il lui demande s'ils peuvent se revoir, elle
accepte avec plaisir. Avant de se séparer il veut la raccompagner
chez elle mais elle refuse poliment. Dés qu'elle est assez loin du
village, elle se téléporte. Elle est heureuse, va s'allonger sur le lit
et s'endort en pensant à lui. Le lendemain, vers dix heures,
Camille va voir si sa fille est rentrée, Élise dort encore.
Sa mère la réveille et lui rappelle qu'elle doit participer aux taches
ménagères. Elle ne lui répond pas. Un quart d'heure plus tard
Camille revient et la secoue, elle lui dit :
- Alors Élise, il est temps de te lever ! On va discuter de ce garçon
que tu fréquentes. Comment s'appelle t-il ?
- Je fais ce que je veux, j'ai vingt ans, j'ai le droit d'avoir un petit
ami, il s'appelle Fabrice et on s'aime.
- Tu as réfléchi au moins ! Tu vieillis cinquante fois moins vite
que lui !
- Oui et alors ! Tu as fait comment avec papa, tu n'avais que douze
ans et lui seulement dix quand vous vous êtes connus.
Elle dit en criant bien fort :
- Papa, viens vite, maman m'embête !
Clément arrive et demande à sa fille ce qu'il se passe.
Elle lui explique le problème. Il prend sa femme par le bras et va

dans une autre pièce pour discuter. Il revient voir sa fille et lui dit :
- Écoutes Élise, fréquentes-le pendant un an, tu n'auras vieilli que d'une semaine mais on saura si c'est l'homme de ta vie. En ce cas nous pourrons lui dévoiler notre secret.
- D'accord papa, tu es trop gentil. Il vient me chercher tout à l'heure, je vous le présenterai.
La discussion terminée Élise prend sa douche et se fait coquette. Elle aide sa mère à faire les travaux ménagers. Une heure après Camille va ouvrir à Fabrice qui vient chercher sa fille. Après les présentations, les deux amoureux partent se balader dans la forêt. Peu de temps après, le vieux Albert qui est le charcutier du village aperçoit Clément et lui dit :
- Bonjour, j'allais voir Marc pour qu'il me fournisse en viandes quand j'ai aperçu mon petit-fils avec votre fille. Fabrice n'a pas arrêté de me parler d'Élise juste après la fête, il m'a empêché de dormir pendant deux heures avant de rentrer chez lui. Au fait, au village il y a eu une naissance la semaine dernière, vous êtes invité à la fête ce dimanche, n'oubliez-pas de venir. Bon, je vous laisse, nous aurons d'autres occasions de nous revoir.
- Entendu Albert, au plaisir de vous revoir.
Le charcutier voit Marc et lui commande du gibier. Il lui faudrait au plus vite car il doit faire des pâtés de cerf et des rôtis de chevreuil pour la fête, en l'honneur du nouveau né. Il lui fait part qu'il est également attendu à ce repas. Albert repart au village avec la charrette attelée. Clément va dans sa navette pour l'entretien et s'aperçoit qu'il y a un message. C'est Harnabus qui l'informe qu'il est invité avec sa famille à venir sur Milaire, il viendra les chercher personnellement car il souhaite leur faire voir l'évolution de sa planète. Par transmission de pensées l'élu contacte Camille ainsi que Marc et sa fille pour leur demander leurs avis.
Son ami et sa femme sont enchantés mais sa fille préfère rester sur Terre avec Fabrice. Clément utilise le transmetteur et indique au patriarche qu'ils sont d'accord et qu'ils seront trois pour ce voyage. Il précise à Harnabus qu'il ne sera libre que la semaine prochaine.

Les jours passent, le dimanche mâtin tout le monde se prépare.
Avec Marc ils se téléportent à deux cent mètres du village et
continuent en marchant, ils sont les derniers à arriver.
Le bébé est dans un couffin d'osier fabriqué par sa grand-mère.
C'est un garçon aux yeux bleus qui a déjà quelques cheveux
blonds crollés, il est mignon, il s'appelle Olivier.
Les festivités commencent, sur des grandes tables sont disposés
des outres de vin du pays, des plats de viandes et de charcuteries
variées. Chacun se sert comme il le veut. Élise s'impatiente car
depuis une heure elle ne voit pas Fabrice. Elle interroge les
villageois mais personne ne l'a aperçu, elle est triste. Quelques
minutes se passent et le voilà qui arrive, un cadeau à la main.
Comme il est charpentier et très habile de ses mains, il a fabriqué
un magnifique cadre de bois en forme de cœur. Il lui offre et dit :
- Ce cœur est le mien et je te l'offre pour toujours si tu le veux !
Elle pose le cadeau, se jette à son cou et l'embrasse comme toute
réponse. Albert s'approche de Clément et lui dit :
- J'ai bien l'impression que votre fille et mon petit fils seront les
prochains mariés, qu'en pensez-vous ?
- S'ils s'aiment et sont heureux ensemble, c'est bien pour eux.
- Ma charcuterie est si mauvaise que ça, je n'ai pas vu un seul de
votre famille y toucher !
- Je suppose qu'elle est excellente mais je vous rappelle que nous
sommes végétaliens et que nous ne buvons que de l'eau, mais
merci quand même Albert.
- La prochaine fois, je demanderai à l'herboriste de préparer votre
repas, je plaisante bien sur.
Tout le monde apprécie l'esprit de convivialité et le dimanche se
termine dans la bonne humeur. Élise informe Fabrice qu'elle va
être seule dans le chalet car ses parents partent bientôt en
vacances. Elle précise que c'est uniquement pour rester avec lui
qu'elle n'est pas du voyage. Il en est heureux, ils pourront profiter
de relations plus intimes.
Ils se revoient chaque jour mais seulement quelques heures car

Fabrice travaille de longues journées. Comme tous les jours, l'élu va vérifier s'il y a des nouvelles de ses amis milairiens.

Ce samedi un message du transmetteur le prévient de l'arrivée du patriarche qui sera là dans la nuit. Ils s'empresse de prévenir Camille et Marc. Il est trois heures du mâtin, tout le monde s'inquiète, leur ami n'est toujours pas arrivé. Clément retourne à la navette, change les coordonnées de Milaire pour celles du vaisseau d'Arnabus et tente de le joindre, malheureusement il n'arrivera jamais. A cinq années lumières de Milaire, des tempêtes magnétiques d'un astre instable ont totalement endommagé le système du vaisseau qui s'est stabilisé dans l'espace avant d'imploser. Sur Milaire, les appareils équivalents à nos radars ne détectent plus aucune trace de l'engin, ils comprennent que leur patriarche n'est plus. Peu de temps après les deux élus sont avertis de ce drame par un appel sur le transmetteur, ils retournent au chalet bouleversés. En rentrant Camille appelle Élise mais elle ne répond pas. Elle va voir dans sa chambre et la surprend avec Fabrice dans le lit. Tellement peinée elle ne réagit même pas et retourne prés de Clément. Marc est le moins touché par cette disparition, il ne le connaissait que très peu. Sur Milaire une assemblée de responsables se réunit. Il est décidé de faire une commémoration en souvenir du patriarche Harnabus et les deux élus devront être présents. L'honorable Aurilus est désormais le plus haut responsable. Il vient voir Clément et Camille avec un des nouveaux vaisseaux de la flotte milairienne et les invite à le suivre. Ils acceptent et partent immédiatement. En quelques minutes ils sont arrivés et se rendent directement à la cérémonie. Comme le veut la tradition, pour honorer la mémoire d'Harnabus et bien qu'il n'y ait pas de corps, Aurilus fait un long discours en son honneur. Quant tout est terminé il emmène les élus et respecte ainsi la promesse de son prédécesseur. Ils constatent l'évolution de la planète en se déplaçant en navette. Clément regarde des plantations de Jouverlatus à perte de vue ainsi que les habitations qui sont faites en triangles avec des blocs de roches. Aurilus arrête

la navette sur une plate-forme et ils en descendent rapidement.
Ils marchent un long moment et vont visiter une exploitation,
Clément et Camille remarquent que les Jouverlatus poussent
beaucoup mieux sur Milaire. Les arbustes sont beaucoup plus
grands et plus feuillus, les jouvaires sont deux fois plus grosses
que toutes celles qu'ils avaient vu jusqu'alors. Aurilus leur fait
goutter quelques feuilles, elles sont délicieuses, beaucoup plus de
saveur que celles qui poussent sur la Terre. Ensuite ils quittent ce
lieu et se rendent dans un autre endroit qui a été creusé dans la
montagne. Des nouveaux modèles de vaisseaux y sont entreposés,
ils font prés de quatre cent mètres de diamètres. Camille est
impressionnée ! Aurilus leur dit qu'il est temps de partir, il les
ramène en navette jusqu'au vaisseau. C'est Tilus qui est désigné
pour raccompagner les élus sur leur planète, en peu de temps ils
sont de retour. En rentrant, ils voient Fabrice et leur fille dans le
salon, Camille en profite pour la questionner :
- Élise, la dernière fois que tu étais dans ta chambre j'étais trop
préoccupée pour te parler mais j'avais remarqué Fabrice qui était
dans ton lit ! Malgré ton âge tu aurais du nous demander notre
accord pour faire venir ton copain chez nous ! Si vous voulez
vivre ensemble dites-le, votre père vous aidera avec plaisir à
construire un chalet.
- Puisque tu nous as surpris eh bien oui, c'est vrai, Fabrice et moi
nous nous aimons et nous voudrions vivre ensemble. Papa va nous
aider c'est sur, il est gentil lui ! Alors, ça n'a pas été trop dur sur
Milaire ?
- Tu n'as qu'à demander à ton père, inutile de changer de sujet.
Clément intervient et leur dit :
- Vous pourriez arrêtez ? Vous vous chamaillez, vous répondez à
ma place... je vais réfléchir pour le chalet, je vous donnerai ma
réponse. Quant à toi Fabrice, ma femme a raison tu aurais du nous
demander l'autorisation, nous aurions très bien compris.
Le charpentier répond :
- Nous n'avons pas réfléchi monsieur Carnot, nous nous aimons et

nous avons profité de votre absence.

- Puisque tu aimes ma fille, est-ce que tu as l'intention d'être avec elle pour la vie ?

- Oui monsieur, et si vous le voulez bien nous pourrions commencer notre chalet dés à présent. N'oubliez pas que je suis charpentier, travailler le bois c'est mon métier.

- Ne t'emballes pas Fabrice, je n'ai pas le temps en ce moment, je te préviendrai dés que je serai disponible.

- D'accord monsieur Carnot, merci.

Quelques jours plus tard Fabrice fait plusieurs allers et retours avec une chariote, il ramène plusieurs mètres cubes de bois en planches, chevrons, poutres, vitres... Clément et Marc vont l'aider à décharger le matériel puis ils se mettent à l'ouvrage pour construire la demeure. Ils travaillent d'arrache-pied et très vite le chalet est construit. Quelques semaines plus tard les deux amoureux s'installent, ils sont heureux d'avoir leur propre maison et Élise est contente d'habiter à proximité de ses parents.

Malgré leurs sentiments qui sont profonds, le couple se querelle assez souvent. Fabrice n'accepte pas que sa conjointe lui serve ses repas à part et qu'elle ne mange que des repas végétaliens.

Elle lui fait croire qu'elle tient à sa ligne et lui fait savoir qu'elle ne changera pas de régime. Un an s'est écoulé depuis leur première rencontre, Clément réunit la famille et prend la parole :

- Fabrice, nous pouvons maintenant te dévoiler un secret. Tu as sans doute remarqué que nous étions végétaliens et que nous ne buvions que de l'eau. Tu t'es demandé ce qu'étaient ces fruits bizarres que nous avions... ça vient d'une autre planète. Je parais vingt-cinq ans et j'ai pourtant plusieurs centaines d'années ! C'est grâce à ces arbustes venus d'ailleurs.

- Ça paraît dingue mais continuez monsieur Carnot.

- Bien, dans cinquante ans Fabrice tu auras soixante-dix ans, Élise n'en aura que vingt-et un !

- J'ai du mal à vous suivre, pourquoi resterait-elle aussi jeune ?.

- Je viens de te le dire. Ces fruits transformés nous font vieillir cinquante fois moins vite. Le prix à payer c'est un régime à base de feuilles toute ta vie ! Et ce n'est pas fini, quand tu vas entendre le reste, tu ne vas pas en croire tes oreilles !

Clément lui raconte comment était la Terre autrefois, sa rencontre avec les milairiens, puis le bouleversement planétaire, sa rencontre avec Camille et leurs voyages sur Milaire... Il garde le meilleur pour la fin en lui expliquant les pouvoirs qu'il aura.

Une discussion qui dure plusieurs heures. Fabrice reste muet quelques minutes puis répond :

- Ah je comprends mieux pourquoi Élise ne mange jamais avec moi depuis un an, elle a bien gardé votre secret ! J'imagine déjà ma nouvelle vie, la jeunesse, les pouvoirs... Ça va être dur pour moi de ne plus manger tous ces bons petits plats ! Merci mille fois de m'avoir confié votre secret, il faudrait être fou pour renoncer à tout cela, évidemment je m'engage à ne jamais en parler.

- Je te fais confiance, tu fais partie de notre famille.

Les premiers jours de régime sont difficiles, Clément qui est le plus expérimenté le conseille pour ses premiers pas dans la téléportation. Fabrice est doué et utilise ses pouvoirs en très peu de temps. Son grand-père Albert remarque qu'il n'emprunte plus la charrette attelée et lui en fait la remarque. Fabrice qui ne se déplace plus que par téléportations lui dit qu'il a repris le sport et qu'il préfère courir plutôt que de se déplacer en chariote.

Plusieurs siècles se sont écoulés sur Terre, Camille a maintenant trente-trois ans, Clément et Marc en ont trente et un, Fabrice en a vingt-sept et Élise vingt-six. Elle a mis au monde le jeune Quentin qui vient de fêter son douzième anniversaire. Ses parents ont attendu que leur fils ait six ans avant de lui donner du Jouventum. Leur mission a été d'aider l'humanité pendant ces trois cent dernières années. Avec Marc ils ont d'ailleurs sauvé des centaines de personnes qui étaient atteintes de maladies incurables.

Clément et sa famille poursuivent régulièrement leurs trajets dans les quatre coins de la planète et observent son évolution.

En 3135 le monde est devenu semblable à celui qu'ont connu les

deux élus lorsqu'ils étaient enfants en 1985. La population compte maintenant prés de quinze millions d'habitants. Les anciennes villes ont été renommées, par exemple Lustangelle s'appelle désormais Lagravelle. Les élus ont utilisé leur vaisseau pour localiser plusieurs métaux précieux dont de l'or qu'ils ont échangé à la banque principale de la ville. Ils ont partage leurs richesses avec Marc, Élise et Fabrice pour leur permettre de vivre avec plus de confort. D'ailleurs Clément et Camille se sont installés à Lagravelle et ont ouvert un cabinet de magnétiseur-guérisseur. Ils habitent à quelques kilomètres de là dans une fermette avec plusieurs hectares de terrain et ils ont dissimulé la navette dans une grange. Élise et Fabrice ont acheté une grande maison à deux cent mètres de chez eux. Ils ont fabriqué des serres sur les terres de leurs parents et ils cultivent toutes sortes de légumes et de plantes. Ils se rendent en ville trois fois par semaine avec une camionnette pour vendre leurs produits sur les marchés.
Au milieu des champs il y a une serre qui est plus discrète que les autres, c'est la plantation de Jouverlatus. Quentin est heureux de vivre à la campagne, à douze ans il aime courir dans les grands espaces, se promener avec le poney et participer aux travaux de jardinage quand il n'y a pas d'école. Les plantes ne servent que pour Camille qui en fait des tisanes. Lors des séances au cabinet elle fait croire aux patients qu'il s'agit d'un mélange de plantes rares qui ont été magnétisées et que ce breuvage peut guérir tous les maux. En réalité, il ne s'agit que de thym, gingembre, laurier, sauge et autres plantes bien ordinaires. Clément s'occupe des massages et bien sur guérit les clients. Étant donné les résultats spectaculaires, il y a chaque jour une foule de malades dans la salle d'attente. L'hôpital, les généralistes et les spécialistes se sont regroupés pour porter plainte pour exercice illégal de la médecine. La justice tranche en faveur des élus qui n'ont jamais prétendu faire de la médecine mais juste de la guérison par magnétisme. En fin de verdict, les magistrats les encouragent même à poursuivre leur travail avec autant de succès dans l'intérêt de la

population. Un journaliste relate ces faits qui passent à la une du journal local sous le titre « Deux magnétiseurs font des miracles ». Le nombre de gazettes vendues est triplé ce jour-là !
Cette publicité a pour effet d'attirer deux fois plus de patients chez Clément et Camille. Il leur faut un troisième masseur, ce sera Marc. Au bout de quelques semaines une patiente revient le voir plusieurs fois alors qu'il l'avait guéri. Il demande à Clément s'il est possible que son don ne fonctionne pas sur tout le monde. Clément sourit car il comprend que cette patiente prend cette excuse pour être prés de son ami. Il lui dit :
- Comment est-elle cette malade imaginaire ?
- C'est une très belle brunette de taille moyenne, elle a de jolis yeux noisettes et je reconnais qu'elle me fait de l'effet quand je la vois, quand je lui fais des massages...
- Je comprends, tu es amoureux ou plutôt, vous êtes amoureux !
Marc rougit un peu et reconnaît que ça lui plairait bien de mieux la connaître. Son ami lui conseille de ne pas être timide et de l'inviter chez lui, à un bal ou ailleurs... Marc écoute les conseils de Clément et dés qu'il revoit Francine il ose l'aborder et l'invite au cinéma, il ira la chercher avec sa voiture. Elle accepte et lui donne son adresse. Vers dix-neuf heures trente, Marc est sur son trente et un, impatient de cette soirée. Il roule vite, trop vite même puisqu'il ne voit pas le stop et c'est la collision avec un autobus !
Le chauffeur sort aussitôt et constate que le passager est inanimé, du sang coule le long de l'oreille gauche. Il s'empresse d'aller à une cabine et téléphone aux urgences. Quelques minutes plus tard les secours sont là et ne voient pas de victimes, juste un homme qui est debout en train de râler sur l'état de sa voiture. Avant de repartir les pompiers réprimandent durement le chauffeur pour sa blague de mauvais goût, celui-ci ne comprend rien et s'obstine à dire que le passager était gravement blessé. Un constat est fait pour l'accident et un dépanneur est chargé d'amener l'épave à la casse. Marc est déçu, il regarde l'heure et choisit de se téléporter jusqu'à la maison de Francine. Il sonne et attend un peu.

Elle ouvre et lui dit :
- L'heure est passée ! Il est vingt heures quinze.
- Ce n'est pas de ma faute j'ai eu un accident, ma voiture est à la casse, il faudra que l'on prenne un taxi.
- Non, laisses tomber pour le cinéma, le film est déjà commencé, veux-tu rentrer boire un verre ?
- Volontiers, merci Francine, mais je ne bois que de l'eau.
- C'est une qualité.
Pendant plus de deux heures ils discutent et à un moment donné Francine se plaint d'une soudaine douleur au dos. Marc en profite pour lui faire un massage à titre gracieux. Comme il comprend qu'il n'obtiendra rien de plus ce soir, il prétexte la fatigue et s'en va assez tôt, ils se font la bise. Il s'apprête à se téléporter lorsqu'il entend des cris. Il s'approche et voit une vieille dame qui s'est fait voler son sac à main, elle lui indique la direction empruntée par les voyous. Il se téléporte aussitôt prés des voleurs, les soulève et les secoue violemment avant de récupérer le sac qu'il rend à la victime quelques secondes après. Elle lui demande comment il a pu faire aussi rapidement. Marc ne répond pas et lui fait oublier ce moment puis il se téléporte chez lui. Comme il a dépensé trop d'énergie il prend une dose supplémentaire de Jouventum avant d'aller se coucher. Pendant ce temps-là sur Milaire, des ouvriers sont envoyés sur la planète Tarkion pour extraire certains métaux et minerais qui commencent à manquer. Ceux-ci sont nécessaires pour la construction de matériaux électroniques pour les vaisseaux. D'énormes machines ont été implantées sur Tarkion pour exploiter son sous-sol et sont sollicitées vingt-quatre heures sur vingt-quatre par des équipes qui se relayent. Au bout de trois semaines un tiers des ouvriers sont ramenés sur Milaire car ils présentent des symptômes inquiétants. Avec le Jouventum aucun milairien n'avait jamais été atteint par une maladie, ils sont mis en quarantaine. L'ordre est donné de stopper tous les départs vers Tarkion, les travaux sont suspendus.
Les scientifiques ne sont pas préparés pour la recherche médicale.

Le patriarche décide donc de solliciter l'aide des terriens, il envoie un message à Clément pour l'avertir de sa venue. Avec Tilus ils partent la nuit et arrivent sur Terre en quelques minutes.

Le vaisseau se pose dans un champ de la propriété de Clément. Par télépathie Aurilus contacte les deux élus et leur demande de les rejoindre. Le temps de s'habiller et les voilà dans le vaisseau. Le patriarche expose le problème et leur fait voir le malade qui est isolé dans un caisson de verre. Il demande à ses amis s'ils peuvent contacter un spécialiste dans la discrétion. Clément lui demande si le patient a oublié de prendre du Jouventum. Aurilus l'informe que la potion miracle ne fait pas effet sur les microbes de Tarkion. L'élu propose alors de prendre ensemble le caisson et de se téléporter dans le laboratoire national. Ils se retrouvent très vite au milieu d'une salle à la grande stupéfaction des trois scientifiques présents. Le responsable leur demande comment ils ont fait pour apparaître ainsi avant de leur signifier que cet endroit est interdit au public. Les deux milairiens quittent leurs apparences terriennes, les savants sont terrifiés. Camille s'approche et leur explique qu'il n'y a pas de danger mais qu'ils doivent les aider en urgence, elle les renseigne en détails sur le problème.

Les docteurs se munissent de vêtements de protection puis ils transportent le patient dans une chambre d'isolement qui est équipée de machines sophistiquées, ils effectuent des prélèvements. Le sang extrait est de couleur bleue foncée, les radiographies montrent un cerveau composé de trois encéphales reliés à deux bulbes rachidiens, les autres organes ressemblent aux nôtres à quelques détails prés. Plusieurs jours seront nécessaires pour obtenir les résultats des analyses. Si l'origine est bactérienne ce sera plus simple pour la guérison car s'il s'agissait d'un virus il faudrait alors réaliser un vaccin. Le responsable décide de téléphoner à ses collègues et à la direction, il leur fait croire que le laboratoire est contaminé et que son équipe restera en quarantaine. Ils ont ainsi la tranquillité et le temps nécessaire pour aider ces gens de l'espace. Les premiers résultats révèlent malheureusement

qu'il ne s'agit pas d'une bactérie. Trois jours se passent, les tests se poursuivent sans succès, tout le monde commence à perdre espoir. Aurilus est conscient qu'en l'absence de remède l'espèce milairienne pourrait disparaître. Il presse les scientifiques pour qu'ils se remettent au travail mais ils sont épuisés et ont besoin de repos. Il les force à absorber du Jouventum pour qu'ils deviennent rapidement performants. Les docteurs sont épatés, en un rien de temps ils ne présentent plus aucun signe de fatigue, ils se remettent à leurs recherches. Ils insistent pour connaître la formule de cette substance mais Aurilus s'énerve et les met en garde. 18 h 32 : le virus est enfin isolé, les souches sont multipliées dans un milieu de culture approprié. Après plusieurs heures d'attente il y en a suffisamment pour préparer le premier vaccin. L'opération est renouvelée plusieurs fois car il en faut en grande quantité. Une injection est faite sur le malade, il faut patienter. Tilus partage son inquiétude avec Aurilus et les élus, il craint que le vaccin soit inefficace. Un spécialiste qui a entendu la conversation les rassure et leur dit qu'il faudra plusieurs jours pour que Clotus soit rétabli. Comme ses collègues se plaignent de ne pas avoir mangé depuis longtemps, le professeur demande à Camille d'aller leur chercher de la nourriture, Aurilus donne son accord et dit à l'élue d'amener également des feuilles de Jouverlatus. Elle part aussitôt et revient en moins d'une heure.
Le médecin-chef entame un sandwich, il regarde manger les étrangers et se dit que ces feuilles sont bizarres et peu appétissantes. Il questionne Aurilus pour savoir comment ils font pour disparaître et réapparaître d'un endroit à un autre.
Camille intervient, lui dit de se taire et de manger. Quelques jours se sont écoulés, le malade s'agite et frappe dans le verre du caisson. Le professeur appuie sur une touche et lui demande s'il se sent bien, celui-ci lui répond :
- Je me sens mieux, j'aimerais sortir d'ici.
Le médecin s'approche et prend la responsabilité de le faire sortir. Clotus est guéri, il est heureux et se rapproche de ses amis

milairiens. Aurilus remercie les médecins et leur annonce qu'ils oublieront toutes ces journées vécues. Ils prennent les doses de vaccins, repartent au vaisseau et retournent immédiatement sur Milaire. Sitôt arrivés les scientifiques milairiens se mettent à la tâche et tous les malades qui sont en quarantaine reçoivent une injection. Ultérieurement toute la population sera vaccinée et les ouvriers pourront reprendre le travail sur Tarkion.

Sur la Terre les élus sont rentrés chez eux, fiers d'avoir peut-être sauvé les vies de tout un peuple. Au laboratoire les trois spécialistes qui ont tout oublié ouvrent tout naturellement les portes. Le directeur les interpelle et leur rappelle qu'ils se sont mis en quarantaine. Ils ne comprennent rien, surtout quand on leur dit qu'ils se sont enfermés neuf jours à cause d'une contamination. Comme ils nient tout le directeur suppose qu'ils sont surmenés et leur ordonne trois jours de repos. Pendant ce temps-là Marc qui est seul chez lui pense à Francine, il décide de lui téléphoner. Comme elle ne répond pas il laisse un message sur le répondeur : « Francine, est-ce que tu aimerais que l'on se revoit ? J'espère avoir bientôt de tes nouvelles, bisous ». Déçu de ne pas avoir entendu la voix de sa bien-aimée il va se coucher et reste pensif durant plusieurs heures avant de s'endormir. Le lendemain mâtin il va rejoindre Fabrice et Élise pour les aider à la plantation, il croise Clément qui lui demande s'il veut l'accompagner jusqu'à la navette. Quelques instants plus tard ils pénètrent dans l'appareil, l'élu se connecte avec Milaire et demande à Tilus des nouvelles du peuple milairien, il l'interroge pour savoir si le vaccin a été efficace. Tilus lui communique des bonnes nouvelles et lui fait savoir que tout le monde se porte bien désormais. Rassurés Clément et Marc repartent à la plantation pour leurs besognes. Ce jour-là Élise et Fabrice conduisent Quentin à l'école car les transports en commun sont en grève. A peine arrivé en salle de classe le garçon prend un malin plaisir à utiliser ses pouvoirs. Il fait oublier aux professeurs les cours qu'il n'aime pas, se téléporte d'un arbre à un autre... En fin d'après midi ses parents

viennent le chercher et le ramènent à la maison. Quentin allume le téléviseur mais Élise l'envoie faire ses devoirs. Il obéit tandis que sa mère change de chaîne et met celle des informations nationales. Elle apprend que cinq personnes se sont fait agresser.
Les cinq victimes ont déposé plaintes et ont signalé la description des agresseurs, elles ont décrit les silhouettes de cinq hommes très grands et costauds, les profils ne sont pas dans les fichiers de la gendarmerie. Camille discute de ces faits avec son conjoint lorsque Marc surgit et dit en criant :
- Camille, Clément, vous avez entendu les infos ?
Camille lui dit :
- Oui je viens d'entendre à l'instant que cinq personnes se sont fait agresser, pourquoi ?
- Parce que l'une des victimes est mon amie et j'aimerais aller la voir ! Comme je n'ai plus de voiture depuis mon accident, est-ce que tu accepterais de me prêter la tienne ?
- Marc je veux bien mais fais très attention, ne roules pas comme un fou, sois vigilant.
Marc remercie son amie, prend les clefs et s'en va aussitôt le cœur joyeux. Arrivé chez Francine il toque plusieurs fois à la porte.
Elle ouvre et lui dit :
- Ah c'est toi Marc, entres ! Je suis contente de te voir, quelle est la raison de ta visite ?
- J'ai entendu par les médias qu'il y a eu des agressions, comme tu faisais partie de la liste des victimes je suis venu aussitôt.
- Merci, comme tu le vois j'ai le bras cassé et quelques plaies. J'ai déposé plainte et j'ai fait une description des agresseurs.
- Je comprends mieux pourquoi tu ne répondais pas au téléphone. Veux-tu que nous allions faire un tour ?
- Avec ce qui vient de m'arriver je préfère rester chez moi. Dés que j'irai mieux je serai heureuse de me promener avec toi.
Marc l'embrasse et utilise son pouvoir, elle s'endort aussitôt.
Il pose les mains sur son torse et la guérit en quelques secondes, il ne reste même pas une cicatrice. Trente minutes plus tard il est de

retour et rend la voiture à Camille, la remerciant à nouveau.

Les jours se passent, les plaintes pour agressions se multiplient mais aucun indice ne permet de faire avancer l'enquête.

Un soir Clément va prendre l'air et remarque un engin dans le ciel qui ressemble à s'y méprendre à un vaisseau milairien.

Dans le doute il file dans sa navette et se met en contact avec le second responsable de Milaire, il lui dit :

- Tilus, j'ai vu apparaître un vaisseau sur notre planète qui ressemble étrangement aux vôtres, pourrais-tu contrôler si un engin de votre flotte aurait été emprunté s'il te plaît ?

- Après contrôle Clément, aucune autorisation de décollage pour la Terre n'a été donnée, je fais vérifier dans le hangar s'il manque un vaisseau.

Un instant après Tilus reprend la discussion avec l'élu:

- Clément, je vais faire surveiller discrètement tous les appareils qui rentrent sur Milaire. A part les allers et retours des ouvriers sur Tarkion personne n'est autorisé à pénétrer notre espace, j'avertis le patriarche immédiatement.

- Tilus, depuis quelques jours plusieurs terriens se sont fait agresser. Le signalement des auteurs correspond à celui des milairiens lorsqu'ils prennent leurs apparences humaines.

Je compte sur toi pour clarifier cette énigme, merci d'avance.

- D'accord Clément je m'en occupe personnellement.

Comme Tilus est de garde il surveille étroitement le trafic spatial.

Quelques heures plus tard un vaisseau lui paraît suspect, il avertit la sécurité, le fait intercepter et ses passagers sont interrogés.

Questionnés sur leurs escapades interdites, les milairiens reconnaissent vite le vol du vaisseau et les agressions sur Terre.

En effet, grâce au pouvoir télépathique très avancé de Tilus les malfrats étaient dans l'incapacité de dissimuler leurs méfaits.

Le patriarche est immédiatement averti de ces événements.

Il juge et condamne les agresseurs à deux années de confinement dans des geôles taillées dans le roc de Milaire.

Comme convenu Tilus se connecte et informe Clément de

l'arrestation des cinq milairiens. L'élu soulagé informe ses proches de cette nouvelle. Aussitôt Marc appelle Francine :

- Bonjour Francine, est-ce que tu vas mieux depuis ton agression ?
- Bonjour Marc, merci de t'en inquiéter. Tu ne devineras jamais ce qui m'est arrivé ? Lorsque je me suis réveillée je ne sais pas comment te l'expliquer pas plus que les médecins d'ailleurs, je n'avais plus rien, plus de bras cassé, plus de plaies, pas de cicatrice, c'est incroyable ! Et toi Marc, comment vas-tu ?
- Moi je vais bien, j'ai hâte de te revoir. Je suis justement prés de chez toi, ça te dérange si nous allons au cinéma ce soir ?
- Non au contraire, comme je suis guérie je suis enchantée de pouvoir enfin sortir avec toi, à tout de suite.

Marc utilise la téléportation et se trouve prés de chez elle. Francine le fait entrer et lui offre un verre d'eau. Ils discutent un moment puis se décident d'aller en ville. Ils regardent les affiches et choisissent un film sentimental, « le cœur brisé ». Ils s'installent confortablement, Francine a le regard figé sur le grand écran, Marc en profite pour mettre son bras autour de sa taille, puis autour de son cou. Elle ne dit rien puis elle se retourne et le regarde avec un beau sourire. Marc l'enlace avec tendresse et l'embrasse passionnément sur les lèvres. Le film terminé ils quittent la salle main dans la main, Marc appelle un taxi et ils partent chez lui. Des étincelles de bonheur jaillissent de leurs yeux amoureux. Une demi-heure plus tard le taxi les dépose, Marc qui est galant ouvre la portière de Francine. Il la fait rentrer et lui fait visiter la maison. Ils discutent un peu puis... cette première nuit passée ensemble sera inoubliable pour eux. Le lendemain mâtin ils se rendent chez Clément et Camille. Francine voit les heures défiler, elle est surprise de voir que personne ne mange jamais dans cette famille. En fin d'après-midi les élus lui proposent de la ramener. Dans le véhicule Camille rappelle à Francine qu'elle est la bienvenue, elle lui raconte que son travail consiste à guérir les malades grâce aux plantes et à des massages. Elle lui propose également qu'en cas de douleurs elle pourra venir dans son cabinet, qu'elle sera soignée à titre gracieux. Arrivée chez elle Francine se précipite dans le garde-manger, prépare et dévore un énorme sandwich. Elle se dit : » Comment font-ils pour rester aussi longtemps sans manger tout en étant en super forme ? En tout cas c'est très économique mais tout de même, ils pourraient penser à leurs invités... ».

De retour chez eux les élus s'entretiennent avec Marc, c'est Camille qui prend la parole :

- Si vous avez l'intention de vivre plus tard ensemble il faudra la mettre au courant de notre secret.

- Marc lui répond :

- Oui je lui en parlerai, j'espère qu'elle sera enthousiaste à l'idée de vivre plus longtemps.

Des semaines se sont écoulées, Marc et Francine sont devenus inséparables, ils se voient très souvent jusqu'au jour où ils décident de s'installer en couple. Après avoir consulté Clément, Marc lui avoue le secret mais lui précise les petits inconvénients qui vont avec. Elle accepte volontiers de ne manger que des feuilles de Jouverlatus et de prendre quotidiennement du Jouventum. Francine travaille en compagnie de Marc, Fabrice et Élise, ils s'entendent très bien et la vente de légumes prospère d'avantage. Marc est partagé entre deux emplois, la culture et les massages. Comme les Carnots ont besoin de changer de cabinet, ils s'installent dans un lotissement plus grand. Ils proposent à Francine de travailler avec eux. Elle accepte mais se retire de son travail dans les cultures tout comme Marc qui ne peut supporter le rythme de double emploi. Tous les quatre consacrent beaucoup de leur temps aux patients qui viennent très nombreux dans le nouveau local. Francine adore se rendre utile et guérir beaucoup de malades, d'ailleurs elle se souvient d'un patient, Jules, qui était âgé de quatre-vingt onze ans. Il était arrivé le dos courbé, boitait et souffrait de troubles respiratoires. Il se tenait à une canne et ne prononçait pas un mot. Lorsqu'il est entré lentement dans une des salles d'attente il a fait un malaise suivi d'une chute, tous les autres

le prenaient pour mort ! Alerté par des cris Clément est arrivé aussitôt et l'a transporté dans la salle la plus proche. Le cœur était arrêté depuis plusieurs minutes mais Francine a réussi à le ramener à la vie. Par la même occasion son pouvoir a débarrassé Jules de sa bronchite, sa pneumonie, ses rhumatismes et tout le reste. Il est sorti comme un jeune homme en chantonnant gaiement. Les autres patients qui n'avaient jamais vu ça étaient rassurés pour leurs problèmes de santé. Francine quitte ses souvenirs par la voix de Camille qui résonne :
- Francine, dépêches-toi un peu, Clément attend depuis un quart d'heure dans la voiture, il ne manque que toi.
- Excuses-moi Camille, j'étais ailleurs...
- J'ai vu ça, allez viens on y va.
Après cette longue journée de guérisons Clément et les siens repartent chez eux. Vers vingt-deux heures le temps change, de fortes pluies s'abattent sur la ville, un orage violent éclate.
Les vents se déchaînent, la couleur du ciel est inhabituelle, d'un rouge vif ! Plusieurs toitures s'envolent, les Carnots et leurs amis se pressent de protéger les plantations avec des bâches mais rien n'y fait, le vent est tel que tout est saccagé. Ils ramassent ce qu'il peuvent de la récolte et entreposent dans la maison les quelques plantes restantes. Cet orage dure toute une partie de la nuit.
Le lendemain c'est le bilan, un désastre! La plupart des récoltes ont été noyées, beaucoup de maisons ont été détruites.
Les gens s'entraident et les familles sinistrées se font loger par d'autres. La plupart des habitants tentent de reconstruire de nouvelles demeures provisoires. Le phénomène se produit à l'échelle mondiale, il y a des morts qui gisent partout, noyés ou ensevelis sous les décombres. Les décès qui se comptent par dizaines de milliers provoquent la panique. Plusieurs mois se passent, les peuples se reconstruisent mais les catastrophes se manifestent de plus en plus fréquemment, des centrales hydroélectriques sont détruites et provoquent des inondations, à nouveau les victimes se comptent par milliers à travers le monde.

Quentin assiste à ces événements tragiques et il est effrayé, comme son école a été détruite il s' enferme dans sa chambre, il ne veut plus en sortir. Ses parents tentent de le mettre en confiance mais en vain car les éléments se déchaînent sans arrêts. Malgré le désarroi causé par ce fléau certaines personnes qui connaissent les Carnots se posent des questions au sujet de leur forme et sur leur jeunesse apparemment éternelle. Ceux-ci sont ainsi interrogés à plusieurs reprises sur leurs âges car ils attisent la jalousie.
Ils donnent pour toute explication le fait qu'ils sont guérisseurs et que c'est leur seul secret. Un villageois prénommé Lionel a observé cette famille depuis bien des années. Ce trentenaire qui est curieux s'introduit dans la plantation et découvre ces arbustes étranges, il prend un de ces fruits bizarres et le mange en espérant qu'il soit comestible, il le trouve amer. Bien que le fruit n'ait pas été séché et transformé quelques effets se font ressentir, Lionel se sent extrêmement bien. Il retourne chez lui le pas léger et part courir pendant quelques heures sans ressentir de fatigue puis va réparer le toit avant de couper quelques bûches à la hache.
Le lendemain matin Élise s'aperçoit que la porte a été forcée, elle prévient son père. Clément décide d'organiser des gardes à tour de rôle. La nuit venue, vers deux heures, Marc entend des bruits de pas et remarque une lumière de torche. Il observe le visiteur et attend qu'il soit pénétré à l'intérieur pour se saisir de l'intrus qui ne peut rien contre sa force herculéenne. Lionel laisse tomber son sac rempli de Jouvaires. Marc le ramène chez Clément qui va le questionner sur son acte de vol avec effraction. L'élu lui dit :
- Pouvez-vous m'expliquer ce que vous faites dans ma propriété ?
Lionel lui répond :
- Monsieur Carnot, hier j'ai mangé un de vos fruits étranges et je me suis senti tellement bien que ce soir j'ai voulu refaire l'expérience. Je me suis demandé si ces fruits avaient un rapport avec mon bien-être et avec vos talents de guérisseurs.
Clément le regarde fixement, il lui raconte tous leurs secrets et demande à Marc de lui faire une démonstration. Celui-ci se

téléporte aux quatre coins de la pièce en un temps record.
Lionel n'en revient pas mais il est obligé de croire ce qu'il a vu.
Les yeux de Clément rougissent et Lionel sombre dans un profond
sommeil. Marc le prend sur une épaule et le conduit sous le
porche de l'église de Lagravelle. Quelques heures plus tard Lionel
se réveille et s'interroge sur sa présence dans ce lieu saint.
Il retourne chez lui et se fait questionner par sa femme sur son
absence toute cette nuit. Comme il n'a aucun souvenir le pauvre ne
sait que répondre et cherche un tas d'excuses pour se justifier.
Elle ne le croit pas et un froid s'installe dans le couple, elle finit
par lui laisser le bénéfice du doute tant il a l'air sincère.
Pour faire face à ces catastrophes naturelles toutes les bonnes
âmes sont sollicitées, Clément et ses amis interviennent en
urgence. Il y a beaucoup de blessés mais grâce à leurs pouvoirs ils
peuvent guérir des milliers de personnes à travers le monde.
Des alertes mondiales sont données sur les dangers d'une
extinction planétaire, les médias annoncent que les années à venir
seront à hauts risques ! Les populations sont paniquées et font des
réserves de nourritures, d'eau potable etc. Pendant cinquante ans
la Terre est ainsi secouée. Le plus grand cataclysme naturel se
produit le 10 juillet 3186 ! A cause du réchauffement planétaire les
glaciers fondent trop vite, les mers et les rivières montent à tel
point que des inondations ont lieu un peu partout. Une grande
partie de l'humanité disparaît à nouveau sauf ceux qui habitent
dans les hauteurs. Clément et les siens sauvent autant de
personnes qu'ils le peuvent grâce à la navette mais tout va
tellement vite que les morts se comptent par millions sur la
planète, ils partent donc s'installer dans une région montagneuse.
Heureusement ils détiennent des réserves de Jouvaires et des
feuilles de jouverlatus pour se nourrir. A cause de la température
surélevée les rares personnes qui avaient été sauvées n'ont pas
survécu, la race terrienne est décimée ou presque car sept
personnes respirent encore à l'intérieur d'un vaisseau.
En effet Clément et les siens se sont réfugiés dans leur navette et

c'est grâce à la climatisation qu'ils sont encore en vie.
La faune et la flore sont en grande partie disparues sur Terre, la température atteint quatre vingt degrés. La croûte terrestre se fend en de multiples endroits sous l'effet de cette fournaise, les restes des glaciers sont désormais totalement fondus et la planète ressemble à une terre de feu sur laquelle il n'y a plus que quelques pics de montagnes qui émergent. L'air est irrespirable mais les élus et leurs proches sont hors de portée car ils se sont mis en orbite autour de la Terre. La mort est présente dans leurs esprits car les réserves d'oxygène s'amenuisent. Soudain Marc saute de joie et s'écrie :
- Ça y est, j'ai enfin réussi !
Marc est parvenu à réparer le transmetteur spatio-temporel qui a pourtant été conçu par les milairiens. Il était en panne depuis quelques jours. Clément remercie son ami et essaie aussitôt l'appareil. Au premier essai ils n'entendent rien et la joie retombe, il tente à nouveau mais en vain. Tout à coup, les diodes se mettent à clignoter et l'on entend un grésillement continu pendant plus d'une heure. Le désespoir les gagne quand tout à coup la communication est rétablie.
- De Milaire ici Tilus, je vous écoute.
- Tilus je t'appelle en urgence, c'est Clément de la Terre, je veux parler à Aurilus. c'est une question de vie ou de mort.
- Je le préviens immédiatement, restes connecté.
Aurilus qui a été prévenu s'empresse de communiquer.
- Clément que se passe t-il ?
- Nous sommes les seuls survivants, nous devons rester en orbite car les eaux ont tout envahi, c'est l'enfer et il n'est plus possible de respirer, nos réserves d'oxygène sont presque épuisées.
- Nous connaissions l'avenir de votre monde. Clément, Il faudra que tu m'expliques comment vous avez fait pour vivre plusieurs siècles sans Jouventum. On verra cela plus tard, je donne des ordres immédiatement pour que l'on vienne vous chercher.
Quelques minutes plus tard un vaisseau-mère fend le ciel et se

stabilise au niveau de la navette. Une passerelle relie les deux engins et les derniers terriens embarquent. Le voyage se fait rapidement et en peu de temps ils sont sur Milaire. Aurilus qui est allé faire un voyage de routine est impatient de revoir ses amis, il a hâte de revenir sur Milaire et ordonne la vitesse maximale de la navette mais quelques secondes plus tard c'est l'accident !

Une autre navette est totalement détruite lors de l'impact et celle du patriarche se trouve en très mauvais état. Le signal de détresse est envoyé automatiquement sur Milaire et les secours arrivent rapidement, le chef de Milaire est transporté de toute urgence. Le Jouventum est sans effet car des zones cérébrales ont été touchées, Tilus est sceptique sur l'état d'Aurilus. Une semaine plus tard Clément se rend au chevet d'Aurilus pour prendre de ses nouvelles. Le patriarche le regarde méchamment et ordonne aux gardes de chasser cet étranger hors de la chambre. L'élu est déçu par cet accueil et va trouver Tilus, il lui raconte comment il a été traité par son ami et lui demande combien de temps il faudra pour qu'il retrouve toute sa raison. Tilus ne peut répondre à cette question et après un moment de silence, il demande à Clément comment il se fait qu'il soit encore en vie. Celui-ci lui avoue qu'il avait subtilisé trois graines de Jouverlatus, qu'il en avait fait une plantation et qu'il a fait profiter sa famille et ses amis de cette jeunesse prolongée. Il demande le pardon pour avoir transgressé les règles qu' Harnabus lui avait imposées. Tilus le pardonne car il comprend la tentation d'une famille à vouloir vivre plusieurs siècles avec un tas de pouvoirs, il dit à l'élu :

- Clément, nous nous en doutions depuis bien longtemps, nous sommes amis et nos élus ont bien droits à quelques petits privilèges. Maintenant vous êtes les uniques survivants de la planète Terre mais aucune vie n'y est désormais possible, j'espère que vous vous sentirez comme chez vous sur Milaire.

- Nous sommes contents d'être encore en vie et si bien reçu sur votre planète Tilus... Cependant, n'y aurait-il aucun autre endroit sur lequel nous pourrions vivre sans vous déranger ?

- Cela sera bientôt possible en effet car nos scientifiques ont découvert une nouvelle planète habitable, nous l'avons baptisé Plonton. Elle est bien plus grande que Milaire mais elle est encore sauvage. J'en profite pour vous informer que nous avons prélevé des cellules ADN de terriens, c'est sur l'ordre du patriarche que nous l'avons fait. L'objectif est de peupler cette nouvelle planète avec les clones de votre race, nos scientifiques en ont déjà créés plusieurs milliers.
- Je te remercie Tilus ainsi que tes semblables pour faire revivre la race humaine sur Plonton.
Clément part rejoindre sa femme et ses amis dans une splendide demeure qui a été mise à leur disposition. Plusieurs semaines se passent, Aurilus reprend le commandement de Milaire.
Accompagné de Tilus son commandant en second, il se rend auprès des élus et leur dit :
- Il y a quelques jours j'ai ordonné à nos équipes d'introduire des puces électroniques dans chaque clone humain. Ils sont différents de vous car ils sont programmés et dirigés pour travailler à mon service. Quant à vous des gardes vont vous amener dans un bâtiment où vous serez sous surveillance.
Clément est horrifié d'un tel plan et répond :
- C'est inadmissible de fabriquer des êtres humains pour en faire des esclaves au service des milairiens.
- Ne vous plaignez-pas d'être libres et encore en vie, nous décidons ce qui est le mieux pour notre planète. Si vous vous opposez à notre projet vous pourriez vous aussi devenir des ouvriers dirigés. Le patriarche s'en va sur ces mots, Tilus attend un peu qu'il se soit éloigné et en profite pour dire à ses amis :
- Rassurez-vous je suis totalement opposé au sort qui est réservé à ces pauvres clônes humains, en attendant de pouvoir contrer une telle décision suivez-moi, je vais vous faire visiter notre salle de contrôle. Notre nouvelle technologie nous permet désormais d'observer les planètes de plusieurs galaxies en détails. Soyez discrets, il ne faudrait pas que Aurilus soit informé de cette

escapade.

Les sept terriens se retrouvent dans une salle gigantesque où tout n'est qu'appareils électroniques ultra-sophistiqués. Ils n'avaient jamais rien vu de semblable sur la Terre. Ils observent des dizaines de vaisseaux qui arrivent sur Plonton. Camille demande à Tilus pourquoi il y a autant de circulation spatiale. Il lui répond que les premiers clones terriens viennent d'être envoyés pour travailler sur Plonton et qu'ils seront ramenés chaque soir sur Milaire.

Il lui apprend également qu'il y a des clones de terriennes, que celles-ci sont chargées de cultiver les plantations. Camille, les larmes aux yeux, lui rappelle que c'est grâce aux terriens et leurs vaccins que les milairiens vivent encore aujourd'hui.

Tilus lui répond que ce sont les ordres du patriarche qui est devenu différent depuis son accident. Contrairement à Harnabus qui était compréhensif et attentionné, Aurilus a désormais un cœur de glace. Tout le monde est maintenant devant les écrans géants qui amènent des images du lointain cosmos. Les sept terriens sont impressionnés de voir des parcelles de quelques centimètres carrés de n'importe quelle planète, ils le sont moins lorsqu'on leur fait voir Plonton, la future planète où ils seront captifs au milieu d'esclaves humains. Tilus les fait monter dans un vaisseau en direction de Plonton. Quelques temps après ils sont sur les lieux, les malheureux clônes se retournent et reconnaissent des êtres comme eux. Malgré les puces électroniques implantées, un sentiment de compassion passe par les regards des terriens mais en très peu de temps leurs esprits se trouvent à nouveau sous contrôle et ils repartent travailler très durement. Tilus arrête la visite et les emmène voyager en orbite autour de quelques planètes inhabitables. Le groupe est émerveillé, c'est autre chose de vivre ces instants que de regarder à travers un écran.

Dés le retour Tilus les raccompagne dans leur bâtiment.

Il leur demande d'avoir du courage et part rejoindre Aurilus.

Clément et Camille parlent au groupe et proposent d'aider les humains réduits en esclavage.

Pour communiquer il faut tenir compte du pouvoir télépathique des milairiens. Clément se rappelle qu'il y a une célébration chaque année en mémoire des patriarches disparus et que tous les habitants de Milaire sont tenus de s'y rendre. Ce serait l'occasion de tenter quelque chose ce jour-là. Marc lui fait remarquer qu'ils seront peut-être invités à cette fête mais Élise n'est pas de cet avis car ils ne sont pas milairiens. La discussion se termine là-dessus et ils vont se reposer. Le lendemain très tôt Tilus vient chercher Clément et Camille et les amène auprès du patriarche.

Aurilus les reçoit rapidement et leur indique qu'en mémoire d'Harnabus ils sont invités exceptionnellement à la commémoration des anciens chefs de Milaire. Il leur précise que leurs familles et leurs amis ne seront pas présents car ils n'ont pas été choisis comme élus. Clément remercie Aurilus pour cet honneur, Tilus arrive et les reconduit dans leur logement.

Quentin qui est curieux demande à ses grand-parents :

- Mamie, pourquoi êtes-vous allés chez le méchant patriarche ?

- Ton papy et moi sommes invités à leur fête parce que nous sommes des élus, vous devrez rester ici.

Marc prend la parole :

- Nous pourrions profiter de ce soir-là pour nous téléporter. J'irais dans la salle de commande, je couperais les alertes et je désactiverais les puces électroniques. Les autres iraient discuter avec nos frères humains qui retrouveraient des pouvoirs comme les notres.

Clément lui répond :

- C'est une bonne idée Marc mais il faut agir avec prudence. Une personne suffira pour prévenir nos amis terriens. Tôt ou tard une révolte éclatera, nous n'aurons pas droit à l'erreur.

Camille prend la parole :

- Et pourquoi ne pas envisager la paix plutôt que la guerre ?

- Non Camille, Aurilus a été clair, il avait comme projet de fabriquer des humains pour repeupler Plonton mais depuis son accident il a décidé de n'en faire que des esclaves. Cette discussion doit rester entre nous, certains milairiens ne sont plus nos amis, méfiez-vous !

Pendant ce temps-là sur Plonton les ouvriers poursuivent le travail de reconstruction. Plusieurs dizaines de maisons de formes triangulaires sont déjà faites et de grands hangars octogonaux sont aménagés et servent d'entrepôts. D'immenses clairières sont créées, des milliers de plantes géantes sont utilisées pour bâtir la première ville. Les minerais sont exploités et transformés en différents métaux. Chaque maison est équipée de vitres fabriquées sur place. Plonton regorge de ressources naturelles.

Quelques semaines se sont passées, les terriens ont fourni contre leur volonté un travail acharné, ils tombent de fatigue.

Ceux qui ne veulent pas se relever sont soumis à des décharges électriques, certains en meurent et leurs corps sont jetés dans des fosses. Le jour de la commémoration des patriarches est arrivé.

Tôt le mâtin les milairiens s' affairent à préparer la fête.

Face à un monument Aurilus rappelle à le foule tous les bienfaits des patriarches, notamment le parcours d'Harnabus. Pendant ce temps-là Marc se téléporte dans la salle des commandes, en moins d'un quart d'heure il se familiarise avec les appareils et il parvient à désactiver le système d'alarme ainsi que les puces électroniques des clones. Par télépathie il prévient Fabrice qui se téléporte dans l'immense bâtiment où ils se trouvent. Certains se réveillent et ils se souviennent de l'avoir aperçu sur Plonton. Fabrice les rassure sur sa présence et leur explique la situation. Julien, un des leurs, s'avance et raconte les tortures et les morts qu'il y a eu.

De ce fait Fabrice est encore plus déterminé et lui parle de leur plan de révolte à venir, il lui dit également qu'ils possèdent des pouvoirs et qu'ils doivent apprendre à s'en servir. En quelques instants les terriens savent communiquer par transmissions de pensées, ils s'entraînent aussi à des petites téléportations de quelques mètres à l'intérieur du bâtiment. Fabrice ne peut pas s'attarder et quitte ses amis, il envoie un message à Marc qui attend quelques minutes avant de réactiver les puces et les alarmes. Marc et Fabrice vont rejoindre Élise, Francine et Quentin en attendant que les élus soient de retour. Peu de temps après Camille et Clément sont revenus, Fabrice et Marc leur racontent en détails l'opération et leur explique ce contact avec les clones. Les élus sont ravis que tout se soit bien passé mais déplorent les crimes et les massacres perpétrés par les milairiens contre les humains. Aurilus qui a terminé son long discours embarque avec quelques privilégiés dans un vaisseau, ils partent sur Plonton et vont visiter les plantations pour voir l'évolution des travaux. Le patriarche est satisfait et plutôt fier de lui. Face à ses subordonnés, en croisant des ouvriers éreintés par le travail il les fait tomber, sort son arme et leur envoie une décharge électrique qui foudroie deux d'entre eux. Il sourit en regardant les cadavres et donne l'ordre de les jeter avec les autres dans une des fosses. Quelques milairiens dont Tilus qui est le chef en second se regardent avec gravité. Ils ont connu Harnabus et sa bonté légendaire pendant des siècles et ils n'apprécient pas tant de cruauté envers des êtres qui les ont sauvé d'une mort certaine lors de l'épidémie, cependant ils n'osent pas se dresser contre son autorité. Ils poursuivent leur visite sur Plonton, retournent dans le vaisseau et repartent pour Milaire.

Quelques heures se sont passées, la porte s'ouvre, Tilus rend une visite inattendue aux élus, il dit à Clément :

- Ça fait bien longtemps que nous nous connaissons, je dois vous avertir d'un danger car nous ne sommes pas tous d'accord avec les décisions d'Aurilus !

- Parles Tilus, pourquoi sommes-nous en danger ?

- Désormais le patriarche déteste les terriens et sans doute seriez-vous déjà morts ou esclaves si Harnabus ne vous avait nommé élus. Aurilus veut vous priver de Jouventum pour que vous mourrez rapidement. Ne vous en faites pas nous sommes amis et nous allons vous en donner en cachette, soyez prudents.

- Mais ce sont les terriens qui ont ont sauvé la race milairienne, nous avons fabriqué un vaccin contre le virus qui venait de la

planète Tarkion alors pourquoi cette haine ?
- Que vous dire sinon vous rappeler le violent choc qu'à reçu le
patriarche. Avant cette collision il vous appréciait, il est même
venu vous sauver, souvenez-vous !
- Sur Terre, on pensait qu'un second choc pouvait guérir ce genre
de traumatisme.
- Nous sommes faits différemment, ce n'est pas aussi simple.
- Je te remercie pour ces sentiments amicaux et j'espère que tu
comprendras que nous avons l'intention de ne pas nous laisser
faire ! Nous ne pouvons laisser les humains se faire diriger en
esclaves ! Pourquoi ne pas nous mettre ensemble contre ce
cauchemar ? Qui laisserait les siens ainsi conditionnés ?
- Je dois t'avouer que ces atrocités ne nous ont pas laissé
indifférents, beaucoup pensent comme moi mais d'autres ont pris
le goût et l'habitude de penser comme Aurilus, ce ne sera pas
facile !
- Seriez-vous d'accord pour nous aider ?
- Nous sommes nombreux à penser comme vous mais en tant que
deuxième responsable je dois réfléchir sur la suite de ce qui
arrivera. En effet je serais le seul dirigeant de Milaire si Aurilus
n'était plus.
- J 'espère que ça ne durera pas des années car des êtres humains
souffrent et meurent chaque jour depuis son accident.
- Soyez très prudents pour le moment et sachez attendre le
moment opportun pour agir, jamais dans la hâte !
- Tilus, nous sommes sept à penser qu'il faut agir. J'espère que
tu nous donneras ta réponse au plus vite car tu es notre ami et
celui de tous les terriens je le sais.
- D'accord Clément, je suis ton ami depuis bien longtemps mais
pour l'instant chacun de nous doit faire semblant...
Juste au moment où Tilus s'en va, Aurilus qui venait voir ses
prisonniers le croise et lui demande ce qu'il fait chez eux.
Tilus lui dit qu'il vient de faire une fouille pour s'assurer qu'ils
n'ont pas de Jouventum car il souhaite tout comme lui qu' ils

meurent le plus rapidement de vieillesse. Le patriarche le félicite et lui donne l'ordre de laisser de côté les élus et leur famille.
Il lui dit de se préoccuper d'avantage des clones qui travaillent sur Plonton. Il lui indique qu'il doit envoyer sans retard d'autres clones du labo pour faire avancer les travaux plus rapidement car beaucoup d'esclaves sont déjà morts. Tilus obéit à contre cœur et donne ses ordres pour que la volonté d'Aurilus soit faite.
Entre-temps Tilus va voir Clément car l'heure de la révolte est proche. Il dit à l'élu :
- Dans quelques heures Aurilus part faire une promenade d'introspection galactique. Il faut profiter de ce moment pour déconnecter les alertes et les puces électroniques des clones, se saisir de vaisseaux armés et installer une base sur Plonton.
- Il faut me préciser l'heure exacte pour que j'envoie Marc dans la salle de contrôle.
- Soyez prêts à quinze heures. Faites en sorte de capturer les hommes de Tilus et les enfermer dans les entrepôts. Il faudrait détenir le patriarche pour que je puisse prendre le pouvoir de cette planète et y remettre de l'ordre.
- Nous ferons ce que nous pourrons.
A quatorze heures trente Aurilus envoie un message télépathique à Tilus et lui ordonne de venir le voir avec Marc. Le commandant en second s'interroge mais exécute cet ordre. Quelques minutes plus tard Marc est reçu par le patriarche, il lui demande pourquoi il veut le voir. Aurilus lui répond :
- Je veux que tu m'accompagnes, tu as de grands talents pour réparer nos appareils électroniques et en cas de problème je veux que tu m'assistes. Suis-moi, nous allons au vaisseau et nous partons tout de suite.
Marc ne peut qu'obéir car il ne faut pas attirer les soupçons.
A quatorze heures quarante-cinq le vaisseau part en trombe.
Tilus informe Clément que Marc est parti avec Aurilus et qu'il va aller personnellement dans la salle de contrôle. Il est quinze heures, Tilus se téléporte dans la salle, sort son arme puis paralyse

neuf des dix gardes qui sont présents car ils ne se méfient pas de leur commandant. Il ordonne au dernier d'attacher ses compagnons puis de désactiver les alarmes et les puces.
Ensuite il provoque un court-circuit pour mettre hors d'usage l'ensemble du matériel électronique de la salle de commandes.
En quelques secondes les clones restés sur Milaire deviennent à nouveau des êtres humains maîtres de leurs pensées.
Clément reçoit un message de Tilus, c'est le moment.
Les clones informés accompagnent l'élu par téléportations jusqu'à la montagne. Tilus qui a ligoté le dernier garde les rejoint.
Alors que Clément et les terriens sont à l'arrière, le commandant en second s'approche des premiers gardiens et les paralyse.
Il se connecte à Clément et lui dit de venir avec quelques dizaines hommes. Dés qu'ils sont ensemble ils se rendent dans la salle d'armes et chacun en prend une. Elles sont réglées pour immobiliser, non pour tuer. Le groupe s'avance dans la montagne et paralyse au fur et à mesure les soldats milairiens qui sont ligotés et déposés dans un des vaisseaux. Clément se téléporte et fait savoir à tous les autres clones qu'ils peuvent venir. Plusieurs milliers de terriens arrivent, s'arment et montent par groupes de sept cents dans des vaisseaux. Quinze vaisseaux transportent ainsi les résistants sur Plonton, un seizième transporte les prisonniers milairiens. En quelques instants ils survolent Plonton. Tilus donne l'ordre aux terriens de tirer sur les gardes directement à partir des engins spatiaux. Les gardes essaient de répliquer mais l'effet de surprise est tel que la plupart des militaires milairiens sont rapidement paralysés, les autres se rendent. Les vaisseaux se posent sur Plonton et les prisonniers sont emmenés dans un entrepôt. Les dix mille terriens se regroupent et entament un chant de gloire pour la liberté. Ils libèrent les clones qui étaient en train de travailler puis ils s'entraînent tous ensemble à utiliser leurs pouvoirs grâce à l'aide de Clément et les siens. Bien sur, ce n'est qu'une bataille de gagnée car il reste beaucoup de milairiens fidèles à Aurilus.

Pendant ce temps-là sur Milaire, lors d'une ronde quatre gardes ont remarqué qu'il manquait plusieurs vaisseaux. Ils se rendent à la salle de contrôle pour alerter leurs supérieurs mais s'aperçoivent qu'elle est hors d'usage. Ils se rendent alors dans les bâtiments et constatent que tous les terriens ont disparu. De ce fait ils prennent l'initiative de contacter le patriarche à partir d'un vaisseau de transport. Aurilus est fou de rage dés qu'il apprend que des gardes et des vaisseaux ont disparus ainsi que tous ses prisonniers.
Il comprend que c'est une révolte et donne l'ordre à tous les hommes de Milaire de lancer une contre attaque. Marc qui est présent lors de cette discussion comprend qu'il peut servir d'otage, il profite donc de sa force herculéenne pour bondir sur le patriarche et l'immobiliser. Il l'assomme, se saisit de son arme et le ligote solidement. Il prend les commandes du vaisseau et communique avec Plonton. Tilus reçoit son appel et est ainsi prévenu qu'une attaque milairienne est imminente. Des terriens se cachent derrière les montagnes, bien armés pour se défendre, tandis que les autres montent dans les vaisseaux et s'apprêtent à la confrontation. Quelques minutes plus tard plusieurs dizaines d'engins de guerre milairiens survolent le sol plontonnien.
A un moment donné, Tilus donne l'ordre de tirer. Un feu nourri sort des vaisseaux et des hommes au sol qui étaient aux aguets. Les milairiens sont pris entre deux feux et la moitié de la flotte est détruite, les autres rebroussent chemin et retournent sur Milaire pour faire leur rapport. Ils croisent le vaisseau du patriarche en direction de Plonton mais malgré leurs appels, celui-ci n'envoie aucune réponse. Marc qui pilote arrive bientôt et annonce qu'il a un prisonnier de choix. Il pose l'appareil et fait descendre Aurilus, encore somnolent du coup qu'il a reçu. Tilus arrive rapidement et destitue Aurilus de son poste, il s'autoproclame nouveau patriarche et chef de la résistance milairienne. Sur Milaire un message est envoyé pour prévenir que Aurilus est prisonnier de Tilus qui est le nouveau patriarche. Tous les soldats acceptent d'arrêter les combats et acclament leur nouveau chef qui est très

apprécié, ils n'avaient pas eu d'autres choix que d'obéir à leur chef de guerre. Le patriarche retourne sur Milaire et une cérémonie est donnée en son honneur, tous les terriens sont invités et les deux peuples applaudissent Tilus qui est bon et généreux. L'ordre est donné de se rendre sur Plonton pour récupérer les restes des corps humains dans les fosses puis de les enterrer sur Plonton selon les traditions terriennes. Aurilus est devenu amnésique depuis le coup reçu par Marc, il a perdu la mémoire et ne se souvient même pas de son nom. Il est placé au laboratoire sous la responsabilité des scientifiques. Six cent cinquante terriens contre dix mille milairiens sont morts sur Plonton lors de cette bataille. Une semaine plus tard les terriens et les milairiens retournent sur Plonton pour travailler. Les maisons se construisent beaucoup plus rapidement, les entrepôts se multiplient... C'est en creusant le sous-sol que des ouvriers découvrent une étrange galerie qui attire leur attention, ils avertissent aussitôt le responsable des travaux. Celui-ci arrive et découvre qu'elle mène à d'autres tunnels qui mènent à une grande salle fermée par un système inconnu.
Il en déduit que Plonton a déjà été visitée alors il revient sur ses pas et communique l'information au patriarche. Peu de temps après Tilus se déplace personnellement et ne peut que constater l'existence de ce lieu qui paraît inaccessible. En effet, en essayant de se téléporter, il se retrouve le nez contre la porte, les ondes cérébrales du patriarche ont été contrées par quelque chose, il reste inerte pendant quelques instants avant de retrouver ses esprits. Il fait donc appel à des techniciens qui ne trouvent pas le moyen d'ouvrir malgré plusieurs tentatives. Marc qui est dans les parages traverse les galeries et vient saluer le patriarche qui lui montre leur découverte. Curieux il dit à Tilus qu' il aimerait voir cette salle de plus prés. Comme il obtient l'autorisation, il analyse chaque coin et recoin et s'aperçoit au bout d'un instant qu'il y a des sons qui sont émis du haut de la porte vers le bas.
Il pense immédiatement à un mode vibratoire qui ouvrirait la porte selon une fréquence d'onde précise, celà expliquerait que la

téléportation de Tilus ait échoué. Ils retournent ensemble et repartent sur Milaire, Marc garde son idée sans en parler car il se lance le défi d'ouvrir cet endroit. Le soir il se rend discrètement dans le laboratoire, il emprunte un oscillateur à hautes et basses fréquences ainsi qu'un multimètre puis va rejoindre sa femme. Francine lui dit :
- Qu'est-ce que tu ramènes encore à la maison ?
- Rien, c'est pour faire une expérience...
- Une expérience sur quoi ?
- Sur un endroit fermé par un système d'ondes que je cherche à ouvrir. N'en parles à personne pour le moment s'il te plaît.
- D'accord, viens manger, les feuilles sont prêtes, je les ai faites en soupe ce soir, tu adores ça.
Ils mangent et discutent un peu avant d'aller se coucher. Très tôt le mâtin il se joint à la première équipe d'ouvriers et se rend sur Plonton avec son matériel, deux gardes sont face à l'entrée des galeries. Pour ne pas attirer l'attention Marc se téléporte prés de la salle et sort son multimètre pour mesurer la fréquence émise, il constate qu'il s'agit d'un champ d'infrasons. Il reporte la mesure sur l'oscillateur électronique qu'il a mis sur basse fréquence et le fait émettre. En quelques secondes la porte s'ouvre et Marc reste stupéfait. Il se trouve dans une base qui a été construite par une civilisation encore plus évoluée que les milairiens, cet endroit est rempli de matériel électronique de haute technologie.
Tandis que Marc est occupé à regarder tous ces appareils plus étranges les uns que les autres, la batterie de l'oscillateur qui était à peine chargée arrête d'alimenter l'émetteur. Les ondes faiblissent puis s'arrêtent, la porte se ferme immédiatement. Marc se retourne et panique, il se retrouve là-dedans comme dans un tombeau.
Les heures passent. Sur Milaire Francine s'inquiète, son mari n'est toujours pas rentré. Dans la nuit, ne le voyant toujours pas arriver, elle fait un appel par télépathie à Clément qui se téléporte prés d'elle rapidement. Elle lui explique l'expérience que Marc envisageait dans un endroit fermé par des ondes.

Clément la rassure et lui dit qu'il en fera part à Tilus le lendemain dés la première heure. Dés l'aurore l'élu se rend chez Tilus et lui explique le problème. Grâce à la description des appareils que Francine a vu, le patriarche comprend de quoi il s'agit et avec Clément ils se rendent au laboratoire. Un inventaire est rapidement réalisé et l'on sait que deux appareils sont manquants, un multimètre et un oscillateur électronique. Tilus demande qu'on lui prépare deux appareils identiques et qu'un vaisseau soit prêt à partir pour Plonton. Les ordres du patriarche sont rapidement exécutés et quelques minutes plus tard ils partent sur l'autre planète avec une équipe de techniciens. Sitôt arrivés ils vont dans les galeries et marchent jusqu' à l'entrée mystérieuse.
Avec les deux appareils l'onde émise à basse fréquence permet d'ouvrir la porte. Marc dit au patriarche:
- Ah quand même ! J'ai eu peur de ne plus jamais sortir de là.
- Heureusement que tu avais renseigné ta femme sur tes recherches Marc, nous n'aurions pas pensé à te chercher ici. Pourquoi ne m'as-tu pas informé de ta découverte ?
- Je voulais te faire la surprise Tilus. Allez n'en parlons plus, viens voir tout le matériel de haute technologie qu'il y a ici !
- Il s'agit sûrement d'êtres d'une intelligence supérieure, j'espère qu'ils sont pacifiques.
La discussion est coupée par Lucius, un technicien qui s'écrie :
- Sans l'avoir voulu j'ai heurté une touche et des lumières sont en train de clignoter.
Tilus et Marc s'approchent mais ne savent que faire, par prudence ils préfèrent s'éloigner. Marc revient vers l'un des tableaux de bord et effleure quelques touches au hasard sous le regard inquiet de Tilus qui lui demande d'arrêter sur le champ. Une porte métallique s'ouvre derrière eux et un signal sonore retentit. Ils se retournent et voient une grand salle dans laquelle il y a vingt-cinq corps enfermés dans des sortes de sarcophages de verre.
Marc regarde de plus prés car il y a un gaz qui empêche de voir nettement à quoi ressemblent ces êtres.

Comme il ne distingue rien d'autre que des formes, il demande au
patriarche de débrancher les appareils pour voir comment ils sont.
Celui-ci refuse et le prévient qu'il devra s'en aller s'il touche
encore à quelque chose. Un technicien remarque dans le mur un
tableau qui ressemble à un gigantesque ordinateur. Tilus envoie un
technicien pour l'examiner. A peine s'est-il approché que des
images tridimensionnelles de centaines de galaxies sont projetées.
Tilus approche et touche du doigt l'image de sa galaxie, celle-ci
apparaît et il reconnaît Milaire. Lorsqu'il touche l'image de sa
planète il la voit en détails et des explications vocales sont
transmises en Milairien. Il essaie avec la terre et son système
solaire et une voix métallique annonce en Anglais toute l'histoire
des terriens. Après plus d'une heure d'essais, l'équipe comprend
que ces êtres connaissent l'histoire et les langues des planètes de
plusieurs centaines de galaxies. Au bout d'un moment d'inactivité
l'image est remplacée par une autre qui présente les Pilordiens.
Ils sont petits, environ un mètre vingt, de fines tailles, leurs têtes
sont ovales. Ils ont deux grands yeux noirs sans cils ni sourcils, un
nez plat, des petites oreilles internes et une bouche très ronde.
Ils ont des mains composées de six doigts, de courtes jambes avec
des pieds qui se terminent par trois gros orteils. Leur peau est
recouverte de grosses écailles grises. L'équipe entend ensuite des
mots en une langue inconnue, Marc dit qu'il ne comprend rien, le
système sophistiqué pilordien traduit immédiatement ses mots en
anglais. L'histoire des pilordiens commence, ils viennent d'une
autre galaxie située à deux cent trente mille années lumières de la
planète Terre, Pilord est quatre fois moins grande que notre lune,
elle était peuplée de plusieurs millions d'habitants avant d'être
aspirée par un trou noir. Ils étaient vingt-cinq à travailler sur
l'extraction d'un métal sur Plonton lorsque leur planète a été
détruite. Ils ont pu survivre grâce aux plantes plontonniennes.
Le soleil du système planétaire de Pilord était assez éloigné, il
faisait froid, un peu comme en Sibérie. Il n'y avait que deux
saisons, une très froide et l'autre avec un maximum de quinze

degrés, ce qui permettait tout de même à la végétation de se développer et de fournir l'alimentation principale des pilordiens. Il y avait beaucoup d'eau, de mers, de glaciers et de montagnes, le sol était principalement sableux. Autour de Pilord gravitaient trois planètes satellites qui ont également été absorbées. Cela fait trente-deux mille sept cent cinquante-trois années terrestres qu'ils se sont enfermés dans ces cercueils de verre pour empêcher le vieillissement de leurs corps. A toute forme d'intelligence qui les aurait découvert, il était demandé de permettre leur réveil en appuyant en même temps sur la première et la dernière touche du clavier alpha. Marc repère rapidement la lettre alpha sur un des nombreux claviers, il avertit aussitôt Tilus qui se charge d'appuyer personnellement sur les touches. Un bruit étrange se fait entendre, les sarcophages s'ouvrent et le gaz s'échappe.

Un technicien s'approche puis recule aussitôt, horrifié par deux yeux noirs perçants qui viennent de s'ouvrir chez l'un de ces êtres. En quelques minutes les vingt-cinq pilordiens se lèvent et regardent l'équipe. Ils se parlent entre eux dans leur langue puis celui qui paraît être le responsable s'avance vers Tilus qui n'en mène pas large. Il lui dit dans un excellent milairien :

- Nous vous remercions d'avoir permis notre réveil. Je suis Kjord, le chef de cette mission pilordienne sur Plonton.

- Tilus, patriarche de Milaire, enchanté Kjord.

- Je sais tout sur chacun d'entre vous, y compris sur les terriens qui vous accompagnent. Nous savons également que vous vous nourrissez uniquement de feuilles de jouverlatus. Aujourd'hui nous vous apprenons que certaines plantes plontonniennes sont compatibles avec le jouventum, vous pourrez en manger et varier vos menus. Par contre attention à d'autres qui peuvent être mortelles pour vous.

- Nous connaissons Plonton depuis peu et nous n'avons pas encore eu le temps de l'explorer et d'analyser sa végétation ! Mais vous, comment savez-vous tout cela Kjord ?

- Je vous le répète, nous savons tout sur vous.

Instantanément les vingt-cinq pilordiens disparaissent, ils viennent de se téléporter à l'autre bout de la planète et sont au dessus des montagnes, en lévitation. Ils cherchent des traces de leur vaisseau car le matériel qui s'y trouve est précieux. L'un d'eux découvre l'endroit et envoie l'information aux autres. Kjord descend lentement jusqu'au sol et se rend avec les siens jusqu'au plus grand lac de Plonton. Il prend un objet de métal et appuie sur une touche, un son bizarre surgit. Le niveau du lac monte un peu et le vieux vaisseau pilordien émerge et se positionne quelques mètres au dessus de l'eau, il est couvert de calcaire, d'algues et de terre. Par les pensées les pilordiens agissent et des mètres cubes d'eau du lac se jettent avec force sur l'appareil jusqu'à ce qu'il soit nettoyé. Plus de trente deux mille ans qu'il était dans le fond !
En un instant ils se propulsent à l'intérieur. Kjord prend les commandes, le vaisseau part à grande vitesse et se retrouve au dessus de Tilus. A l'exception de Marc toute l'équipe milairienne se retrouve en une fraction de seconde à l'intérieur de l'appareil, aucun d'entre eux n'a su intercepter les pensées des pilordiens qui sont bien plus forts et expérimentés. Ils prennent peur et pensent qu'ils sont hostiles, ils s'interrogent sur leurs sorts à venir.
Kjord apparaît tout à coup, il leur dit qu'il connaît leurs pensées et qu'ils ne doivent pas craindre les pilordiens qui sont bien intentionnés. Il félicite Tilus pour l'avancée des travaux de constructions. Il lui dit qu'à compter de ce jour il prend le commandement de Plonton, Tilus accepte sans réellement avoir le choix mais précise qu'il reste le seul chef de Milaire.
Comme l'accord est conclu Kjord fait un geste de la main et l'équipe milairienne se retrouve sur Plonton exactement là où elle était. Les pilordiens n'ont pas voyagé depuis presque trente-trois mille ans, ils décident de traverser quelques galaxies pour étudier l'expansion de l'univers. Ils stationnent à quelques kilomètres d'altitude pour vérifier l'état de leur vaisseau. Pendant ce temps-là Marc qui s'était écarté de l'équipe s'est introduit dans la salle des pilordiens grâce à la téléportation. Il déclenche le mécanisme de la

porte comme la première fois en prenant soin de laisser brancher l'oscillateur pour ne plus se retrouver enfermé à l'intérieur.

Celle-ci s'ouvre rapidement et il retourne dans la salle pour étudier cette technologie qui lui est inconnue. Il va vers les tableaux de bord et effleure différentes touches pour voir à quoi elles correspondent. Au bout d'un instant, quelques diodes clignotent, une plaque qui était cachée dans le sous-sol s'élève et laisse apparaître un plateau sur lequel repose un missile.

Marc comprend le danger et se téléporte immédiatement à l'extérieur. Tout tremble dans la salle, l'engin explosif part à toute vitesse, identifie sa cible et frappe dans le cœur du vaisseau, aucun des vingt-cinq pilordiens n'échappe à cette frappe, leur race est définitivement éteinte. Tilus et d'autres milairiens assistent à la scène quand Marc arrive auprès d'eux, l'air désabusé.

Le patriarche lui dit :

- Ne te mets pas dans un état pareil Marc. Nous ne sommes pas responsables de cet accident. Au fait, où étais-tu passé ?

- Je ne me sentais pas bien.

Un message parvient au patriarche, on l'informe que la salle pilordienne a été détruite complètement sous l'effet du décollage d'un missile. Tilus regarde Marc qui est tremblant et lui dit :

- Marc, ne t'en fais pas trop, les pilordiens avaient beaucoup à nous apprendre mais ils étaient dangereux car beaucoup trop avancés pour nous. Kjord avait pris possession de Plonton, qui sait s'il n'aurait pas cherché à faire pareil avec Milaire ?

Marc répond au patriarche :

- Je me demande bien qui a fait partir ce missile ?

- Quelqu'un de bien, merci Marc, je sais que c'est toi car tes pensées t'ont trahi mais sois sans crainte, j'avais peur de ces pilordiens et de leurs pouvoirs. Gardons ce secret pour nous-deux.

- Merci Tilus, si je vous ai rendu service sans le faire exprès, alors tant mieux.

Le patriarche fait un rapide discours à son peuple vis à vis des pilordiens morts dans cet accident, non sans un petit sourire de satisfaction dissimulée. Quelques années s'écoulent, Plonton compte plusieurs grandes villes où milairiens et terriens cohabitent paisiblement. Tilus a instauré une monnaie milairienne à son effigie. Les industries se multiplient, les commerces fleurissent et des salaires sont versés aux deux peuples.

Milaire et Plonton ressemblent maintenant au système commercial terrien. Comme les nombreuses plantes de Plonton sont compatibles avec le jouventum, des restaurants végétaliens voient également le jour. Dans la même semaine, Clément, sa famille et ses amis se restaurent au « Plonterrien », une sorte d'auberge très prisée. Après le repas, ils se rendent tous prés d' un lac situé à quelques kilomètres de là. A peine arrivés Quentin qui voit des jolies jeunes femmes va à leurs rencontres. Ce sont des ouvrières qui travaillent dans les plantations, elles profitent de leur journée de repos pour se relaxer. Quentin s'approche et leur dit :

- Alors mes belles vous êtes en repos ? Bonjour, est-ce que je peux me joindre à vous ? Je m'appelle Quentin.

Elles le regardent en riant et lui disent de grandir. Il est furieux d'être repoussé et se jette dans le lac pour faire quelques brasses. Il nage ainsi pendant dix minutes avant de ressentir une violente douleur à la jambe gauche, il retourne vite fait jusqu'à la berge et s'aperçoit qu'il saigne. Dés que les jeunes femmes le voient dans cet état elles vont jusqu'à lui, Claire lui dit :

- Que t'est-il arrivé ? Qu'est-ce qui a pu te causer une blessure aussi profonde ? Bah, avec le jouventum tu seras guéri dans un instant. Au revoir jeune homme.

- Au revoir mes belles.

Quentin est complètement trempé, il appuie fortement une main sur la jambe blessée et part rejoindre sa famille par téléportation. Il raconte à Camille ce qui lui est arrivé dans le lac.

Sa grand-mère le réprimande pour avoir plongé tout habillé et lui donne une serviette pour qu'il se sèche un peu. Clément qui a entendu la conversation lui dit :

- Quentin, je viens d'entendre ce que tu disais à ta mamie, c'est

bizarre ce que tu racontes, normalement il n'y a aucune vie sous-
marine sur cette planète, je vais aller voir ça de plus prés.
- Ce qui est étonnant papy c'est que le jouventum a refermé ma
plaie mais j'ai encore plus mal qu'au début.
- Reposes-toi sur la plage, je pars un instant.
Clément se téléporte directement au lac, se déshabille et plonge.
Il fait juste quelques brasses puis retourne sur la berge.
Il retrouve Quentin et lui dit qu'il n'y a pas âme qui vive dans ce
lac. Comme il voit que l'adolescent souffre beaucoup il lui
demande de venir avec lui. Ils se téléportent et se rendent au
centre de soins le plus proche. Aussitôt arrivés Clément explique
la situation, Quentin est emmené dans une salle et on lui fait une
radiographie. Le temps de la développer et l'analyser et le médecin
revient. Il dit à Clément que son petit-fils a une écaille d'un
poisson inconnu dans la jambe. Cela étant dit, le scientifique
prévient le patriarche de ce fait nouveau, il y a peut-être de la vie
sur Plonton ! Tilus envoie immédiatement des experts et en peu de
temps ceux-ci sont sur la nouvelle planète, ils se pressent de se
rendre au lac et plongent vêtus de tenues spéciales et munis de
matériel de défense. Comme ils ne remarquent rien d'anormal les
quatre scientifiques se téléportent à quelques kilomètres vers le
centre du lac. Ils croient voir un mirage, des milliers de poissons
petits et grands surgissent de partout. Ils attrapent quelques
spécimens différents et se téléportent sur la berge avant de
regagner une navette. Ils repartent ensuite sur Milaire dans le
vaisseau de Tilus qui a tenu à être présent pour cette expédition
extraordinaire.Le patriarche ordonne que ces poissons
plontonniens soient amenés au laboratoire pour être étudiés.
Après plusieurs heures de tests et de recherches, les scientifiques
s'accordent à dire qu'ils sont comestibles et compatibles avec le
jouventum. En conclusion, une nouvelle nourriture est disponible
pour les milairiens. Tilus est ravi de cette nouvelle et demande
qu'on lui prépare ces poissons, il veut être le premier à y goûter.
Quelques heures plus tard, les bêtes préparées lui sont servies sur

un plateau luxueux. On lui sert un filet de frochet, la première espèce carnassière découverte dans le lac. Il goûte et en reprend à plusieurs reprises, il ordonne qu'on lui serve ce repas plusieurs fois par semaine. Le lendemain matin Tilus fait venir Marc. Il lui propose de diriger une équipe de pêcheurs car il sait que les terriens ont des millénaires d'expérience en la matière. Celui-ci accepte et moins d'une semaine plus tard, il forme des clones pour en faire de bons marins. Pendant ce temps-là Tilus a ordonné la construction de dizaines de bateaux. Avec beaucoup de main-d'œuvre il ne faut que quatre mois pour que tous les navires soient en place. L'équipe de Marc commence alors sa première pêche au filet, celle-ci est abondante. Les poissons se comptent par milliers, ils sont répartis entre les commerçants de Plonton et ceux de Milaire. Les restaurants qui ont été ravitaillé ajoutent aussitôt cette nouveauté sur leurs menus : « Au bon poisson Plontonnien ». Cette nourriture jusque là inconnue attire un grand nombre de clients qui savourent ce plat consistant et à la fois très agréables au palais. Les établissements affichent complets et les poissons manquent dés le premier jour. Clément, sa famille et ses amis qui sont au restaurant le plus chic sont en pleine discussion. L'élu dit à sa femme :

- Alors Camille, que penses-tu de ce délicieux repas ?

- C'est succulent ! Tu sais, cela me rappelle mes tendres années. Nous pouvions manger à volonté des poissons et des viandes, te souviens-tu ?

- Oui bien sur, et dire que je n'appréciais pas trop à l'époque et là, après tant d'années de privations culinaires, je trouve ça tellement bon. On m'a dit que tous les magasins ont été en ruptures de stocks en moins de trois heures aujourd'hui.

- Ne t'inquiètes pas trop, Marc m'a contacté tout à l'heure, il nous a réservé quelques frochets et d'autres espèces qui sont encore plus raffinées selon lui.

- C'est génial, Marc est vraiment un ami formidable.

- Il l'est aussi quand il ne nous ramène pas de poissons Clément.

- Bien sur. J'ai une proposition à te faire Camille. J'ai bien réfléchi, ces derniers temps nous n'arrêtons pas de faire des voyages de Milaire à Plonton, quasiment tous les jours.

- Oui, et alors ?

- Alors je pensais que ce serait une bonne idée si nous décidions ensemble d'aller nous installer sur Plonton, qu'en penses-tu ?

- Ça fait déjà un moment que j'y pense moi aussi, d'autant que cette nouvelle planète est devenue très agréable à vivre, elle est moderne et nous y avons pas mal d'amis. Il faudrait demander l'autorisation du patriarche, au moins par politesse.

- Je ne pense pas que Tilus s'opposerait à notre emménagement ici, il dirige les deux planètes. Par contre je vais proposer à notre fille et à nos amis de venir avec nous, ce serait bien si nous nous retrouvions tous ensemble !

- Je pense qu'ils seront ravis de venir s'installer près de nous. Je me charge de voir ça avec Élise, sans oublier Quentin qui a l'âge de décider où il veut vivre.

- Je ne m'inquiète pas trop pour Quentin, Marc m'a dit qu'il passait la plupart de ses journées à draguer les jeunes femmes de Plonton, il sera trop heureux de ne plus avoir à faire tous ces déplacements.

- Tu sais Clément, à dix-sept ans il serait temps qu'il travaille. Dés que nous serons rentrés je demanderai à Marc qu'il lui apprenne l'art de la pêche.

Les deux élus règlent le repas et quittent le restaurant. Ils prennent la première navette pour Milaire et vont voir leur ami Tilus qui les reçoit en priorité. C'est Camille qui s'adresse au patriarche et qui l'informe de leur projet de départ.

Tilus écoute attentivement et lui répond :

- Je pense que vous serez très bien sur Plonton, toutefois je ne vous y autorise qu'à une seule condition.

- Laquelle Tilus ?

- Que vous n'oubliez pas votre vieil ami et que vous venez lui rendre visite au moins une fois par semaine.

- Comment aurions-nous pu faire autrement Tilus, nous sommes amis depuis tellement d'années !

Clément intervient et dit :

- Et nous espérons bien que tu nous rendras visite sur Plonton.

- Comptez sur moi... Au fait, vous ne manquerez pas de poissons m'a t-on raconté, n'est-ce pas Camille ?

- Mais comment sais-tu cela ?

- Marc ne peut rien me cacher. Je ne vous retiendrai pas plus longtemps car j'ai d'autre personnes à recevoir en audience. Bonne journée à vous et à très bientôt.

Les deux élus le salue et repartent chez eux pour se coucher.

Le lendemain soir ils tous réunis autour de la table, Camille est fière de leur proposer un délicieux repas de poissons accompagné de légumes. Quand ils arrivent au digestif, une liqueur à base de ces plantes nouvelles leur est offert. Quelques instants plus tard Camille fait quelques signes discrets à Élise et son beau-fils pour leur parler en privé. Clément fait de même avec ses amis et essaie de les convaincre. Au bout de vingt minutes ils se retrouvent à nouveau réunis. Élise et Fabrice se disent ravis à l'idée de vivre sur Plonton tout comme Quentin qui fait même un cri de joie. Francine est heureuse également car Marc travaille sur la nouvelle planète, elle pourra passer plus de temps avec son mari qui n'aura plus à faire tous ces allers et retours Milaire-Plonton.

Camille s'adresse ensuite à son petit-fils et lui dit :

- Quentin, avec ton papy nous avons pensé qu'il était temps pour toi que tu connaisses la valeur du travail, de plus tu auras un salaire, tu seras plus indépendant. Je ne pense pas que ton père et ta mère seront contre cette idée. C'est pourquoi j'ai pris la liberté d'en parler à Marc qui est ici devant toi. Il peut te prendre en formation dés demain. Quentin ne répond pas, il n'a pas l'air enchanté et quitte la table en prétextant aller aux toilettes.

Une heure plus tard Élise s'inquiète car elle ne voit pas son fils revenir. Elle regarde dans chaque pièce de la maison mais ne le trouve nulle part. En réalité Quentin est sorti une fois de plus sans prévenir sa famille, il est plus de minuit.

Élise cherche à joindre son fils par télépathie mais en vain car celui-ci est à plus de sept kilomètres. Il a rencontré une belle jeune fille dans la journée et là, il se rend à son premier rendez-vous, elle s'appelle Mylène. Dés qu'il l'aperçoit il va à sa rencontre et cherche à l'embrasser mais elle le repousse aussitôt. Il se dit qu'il va peut-être trop vite en besogne et l'invite à faire un tour en bateau. Il lui fait croire qu'il est le petit-fils du capitaine Clément Carnot qui a son navire dans les environs. Mylène hésite un instant mais finit par accepter, tentée par l'expérience. Il est prés d'une heure du mâtin quand les jeunes gens montent dans le bâtiment maritime que Quentin choisit par hasard.

Mylène demande à son compagnon pourquoi le bateau a été baptisé Burton, Quentin lui dit que c'est un surnom des Carnots depuis des lustres. Avec beaucoup d'efforts le jeune homme parvient quand même à faire avancer le petit navire et deux heures plus tard ils sont déjà au centre du lac. Le vent se lève, Quentin propose à Mylène un blouson car il a remarqué qu'elle avait froid. Soudain, un choc violent de par dessous la coque fait chavirer le navire qui se retourne. Heureusement ils parviennent à se dégager et a remonter sur l'envers du bateau qui ne va pas tarder à couler. Sous l'effet de la peur, Mylène se trahit et se transforme en milairienne. Quentin est terrifié à l'idée qu'il a failli embrasser un monstre. De nouveau un violent coup se fait ressentir sur le reste du navire, Quentin aperçoit un poisson d'une taille gigantesque, une sorte de requin d'eau douce. Il est temps pour eux de partir dans l'urgence sur la terre ferme, ils se téléportent et se retrouvent à cinq kilomètres de là en pleine forêt. Mylène va vers Quentin mais il s'éloigne en criant :

- Ne me touches pas, tu es une milairienne, tu m'as menti !

- Bien sur mon chouchou de terrien, sinon je n'aurais pas pu faire un tour en bateau. Au fait ton grand-père a les moyens de racheter un tel navire ?

- Euh, ah mon grand-père ! Son bateau, eh bien...

- Ne te fatigues pas Quentin, tu m'as menti toi aussi, ce navire appartient à la flotte de pêche de Tilus et ton grand-père n'a jamais été capitaine, les milairiennes lisent mieux dans les pensées que les terriens tu sais, viens on retourne en ville.

- D'accord, merci, on peut rester amis après tout.

- Bien sur.

Mylène retourne chez elle et Quentin dans sa famille. Élise l'attendait et lui dit :

- Enfin te voilà, où étais-tu donc ? J'espère que tu n'as pas fait de bêtises ? Je t'interdis dés ce jour de sortir sans nous prévenir !

- Oui maman, je ferai comme tu dis, promis. Là je suis fatigué, je vais me coucher.

- Cette fatigue est pratique pour ne pas répondre à ma question, je ne sais toujours pas où tu étais, et ton emploi de pêcheur, tu l' as oublié ? Tu fais ta première journée aujourd'hui, tache d'être à l'heure, la navette ne t'attendra pas.

Quentin ne répond pas, il va dans sa chambre et enfile une tenue de travail. Quelques heures plus tard il rejoint Marc et son équipe et ils prennent ensemble la navette pour Plonton. En peu de temps ils sont arrivés prés du lac, des cris de mécontentement se font entendre, les pêcheurs sont consternés car un des bateaux a disparu. Marc qui est le responsable discute avec eux et s'interroge, les pêcheurs embarquent vers les grandes profondeurs du lac. Une heure plus tard un matelot aperçoit des débris de navire, il prévient Marc qui monte dans un canot pour identifier les débris car il veut être sur qu'il s'agit bien du navire Burton. Arrivé à quelques mètres il est stupéfait et se dit :

- Mais je reconnais ce blouson qui flotte prés des débris, j'ai offert le même à Quentin pour son anniversaire ! Eh bien mon garçon, tu vas devoir t'expliquer !

Après quelques recherches il a la certitude qu'il s'agit bien de l'un de ses bateaux, il regagne son navire, le blouson sur l'avant-bras. Il va droit vers Quentin qui blanchit sous le regard tenace et accusateur de son ami. Il ordonne aux autres matelots d'aller récupérer les débris du Burton puis se retourne à nouveau vers

Quentin et lui dit :

- Viens dans ma cabine, il faut que nous ayons une petite discussion toi et moi ! A voir ta tête je vois que tu sais pourquoi !

- Oui je sais Marc.

- Tu peux m'expliquer ce que fait ton blouson parmi les débris ?

- Écoutes Marc, c'est vrai j'ai emprunté le bateau mais je ne suis pas responsable de sa destruction ! C'est une sorte de requin géant qui nous a percuté plusieurs fois, on a failli perdre la vie.

- C'est qui nous ? Tu étais avec quelqu'un en plus ! S'il y a un témoin je ne pourrai pas te couvrir.

- Il n'y a pas de danger qu'elle parle, c'est une milairienne que j'ai dragué, elle ne dira rien.

- Tu dragues les milairiennes maintenant, tu as de drôles de goûts, tu as vu leurs têtes ?

- Mais non, elle m'avait menti et avait l'apparence d'une belle terrienne. J'ai failli l'embrasser, bah !

- Ah, tu m'as fait peur. Bon, je ne dirai rien à Tilus mais tu dois savoir que mon silence aura un prix.

- J'espère que tu ne seras pas trop cher.

- Et en plus tu fais de l'humour. Ton histoire de poissons géants m'intrigue, c'est dangereux pour mes matelots, sans oublier qu'il faudra surveiller les plages maintenant. Dés ce soir après la pêche, tu viendras avec moi en bénévole pour tenter d'attraper un de ces spécimens, j'espère qu'il ne sont pas trop nombreux dans ce lac, tu as une objection ?

- Non Marc, c'est bon, j'accepte.

- Tu n'as pas vraiment le choix, c'est ça ou Tilus !

La pêche est excellente, la journée se termine vers seize heures. Quentin voit les autres partir vers la navette, il doit rester pour la chasse aux squales. Sur la berge il aperçoit son papy qui lui fait signe, il va le voir avec l'accord de Marc. Clément lui dit qu'ils sont en train de déménager, Quentin l'informe qu'il travaille encore et rentrera plus tard, il se garde bien de lui dire les raisons de ces heures supplémentaires.

Marc préfère la prudence et part dans un vaisseau chercher des armes mortelles ou paralysantes. De retour sur le navire il en donne une à Quentin et lui explique comment s'en servir.
Une heure plus tard ils commencent à jeter des lignes, Marc appâte avec des frochets complets. Un quart d'heure plus tard il fait une prise, une belle flanche de sept kilos, sorte de carnassier de Plonton. Il récupère ce poisson, le tue et s'en sert comme appât plus important. Quentin attrape cinq flanches avant de voir la bulle d'eau filer tout à coup vers le fond. Il ferre mais il se retrouve entraîné par sa proie, Marc comprend qu'il a quelque chose de gros et intervient, il prend la canne de Quentin et la fixe sur le bateau puis il tire très fort pour faire remonter la prise. Quelques minutes plus tard il voit apparaître un monstre de plus de trois mètres de long, il se saisit de son arme et tire, le squale est paralysé et flotte prés du bateau. Avec le palan il ramène la bête à bord, elle sera étudiée par les scientifiques de Milaire. De retour sur le quai le poisson géant est téléporté dans un vaisseau par plusieurs milairiens. Quentin ramène plusieurs kilos de flanches à sa grand-mère et comme Élise est là il lui dit que c'est la raison de son retard. Camille le regarde l'air soupçonneux puis le remercie en souriant. Il raconte l'histoire de ce requin d'eau douce et cherche à impressionner puis avec sa mère ils repartent chez eux. Sur Milaire le poisson carnassier est examiné et dépecé dans le labo, il décident de l'appeler friquin. Il n'est pas comestible, il représente un grand danger, c'est un mangeur d'homme.
Tilus ordonne que la chasse aux friquins soit faite dés le lendemain et tous les marins sont réquisitionnés.
Plus de cent cinquante pièces de grandes tailles sont pêchées en une semaine, des filets sont installés sur les plages tout autour du lac pour la sécurité des baigneurs. Grâce à l'extermination de cette espèce la reproduction des flanches et des frochets est facilitée, les friquins dévoraient une grande partie d'entre eux.
Les marins sont fiers d'avoir exterminé ces parasites marins qui représentaient une réelle menace pour leur espèce.

Quelques jours se sont passés, le déménagement des Carnots est terminé, Elise, Fabrice et Quentin habitent désormais en ville tout comme Marc et Francine. Clément et Camille ont préféré vivre dans un coin reculé, campagnard. La vie sur Plonton est paisible, c'est une planète propre, sans pollution.

Des écoles sont construites, on y apprend trois langues, l'anglais, le français et le milairien. Des hôpitaux sont construits et tout un système de protections sociales et autres sont instaurées, la vie est similaire à celle de la Terre.

Il est huit heures, une infirmière appelle tout de suite les médecins qui accourent. Le jeune Clément vient de sortir d'un coma qui a duré six mois. Ses parents sont appelés, ce 13 décembre 1985 est un beau jour pour la famille Carnot. Augustine qui travaille à la clinique Saint-Fournière se rend rapidement à l'hôpital public pour voir son fils qui vient de se réveiller. Son époux Léon la rejoint quelques instants plus tard. Augustine dit à Clément :

- Comment vas-tu Clément ? Tu as mal quelque part ?

- Maman ! Tu es toujours vivante ? Puis-je avoir un peu de jouventum ?

- Du jou quoi ? De quoi parles-tu ?

- Et Tilus, il sait que je suis ici ?

- Je crois que tu as rêvé trop longtemps, en fait Clément tu as eu un grave accident et ça fait six mois que tu étais dans le coma.

- Et ma femme Camille, elle n'est pas là non plus, ni ma fille Élise, mon petit-fils Quentin ?

Léon s'approche en riant et lui dit :

- Ah je reconnais bien là mon fils. Il a dix ans et il se croit déjà marié, père et grand-père, prends le temps de grandir mon garçon, tu as toute la vie devant toi.

L'enfant regarde son père et lui répond :

- Vous pouvez me dire tout ce que vous voulez je sais très bien ce que je viens de vivre ces derniers siècles.

Léon est embarrassé, il tente de le raisonner mais rien n'y fait.

Quelques semaines se passent, Clément commence une longue

convalescence dans la maison de ses parents, il revoit en pensées le moment de l'accident mais il reste convaincu qu'il est le premier élu des milairiens, d'ailleurs il tente de se téléporter par la pensée de son lit jusqu 'à Milaire. Comme il n'obtient aucun résultat il se dit que c'est du au manque de jouventum. René son grand-père vient le voir régulièrement et l'enfant lui raconte tout ce qu'ils ont déjà vécu. René lui explique qu'il était dans le coma mais Clément sait très bien que c'est faux, que c'est lui qui a effacé la mémoire son grand-père grâce à ses pouvoirs d'élu. Un médecin psychiatre est dépêché d'urgence et réussi à convaincre Clément que tous ces faux souvenirs ne sont que les conséquences d'un coma prolongé. Avec le temps l'élu se remet, René est intéressé par l'histoire et il propose à Clément d'en faire un livre, il s'appellera « Clément et les milairiens ».

VOTRE ISBN EST 9782810619252